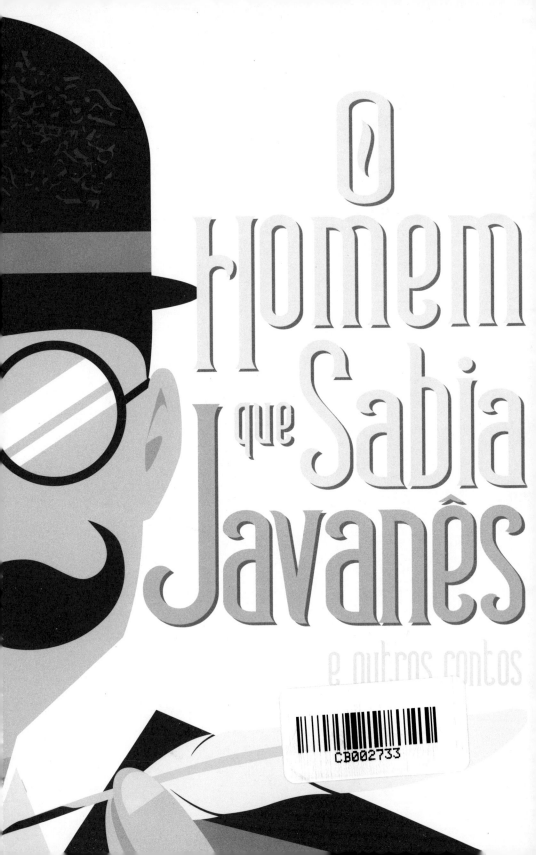

Esta é uma publicação Principis, selo exclusivo da Ciranda Cultural
© 2020 Ciranda Cultural Editora e Distribuidora Ltda.

Texto
Lima Barreto

Produção editorial e projeto gráfico
Ciranda Cultural

Revisão
Project Nine Editorial

Imagens
graficriver_icons_logo/Shutterstock.com;
ToeyFatboy/Shutterstock.com;
echo3005/Shutterstock.com;

Dados Internacionais de Catalogação na Publicação (CIP) de acordo com ISBD

B273h   Barreto, Lima

          O Homem que sabia Javanês e outros contos / Lima Barreto. -
Jandira, SP : Principis, 2020.
          112 p. ; 16cm x 23cm. – (Clássicos da Literatura Brasileira)

          Inclui índice.
          ISBN: 978-65-509-7001-7

          1. Literatura brasileira. 2. Contos. I. Título. II. Série.

                              CDD 869.8992301
2020-147   CDU 821.134.3(81)-34

Elaborado por Vagner Rodolfo da Silva - CRB-8/9410

Índice para catálogo sistemático:
1. Literatura brasileira : Contos 869.8992301
2. Literatura brasileira : Contos 821.134.3(81)-34

1ª edição em 2020
www.cirandacultural.com.br
Todos os direitos reservados.
Nenhuma parte desta publicação pode ser reproduzida, arquivada em sistema de
busca ou transmitida por qualquer meio, seja ele eletrônico, fotocópia, gravação
ou outros, sem prévia autorização do detentor dos direitos, e não pode circular
encadernada ou encapada de maneira distinta daquela em que foi publicada, ou
sem que as mesmas condições sejam impostas aos compradores subsequentes.

SUMÁRIO

O HOMEM QUE SABIA JAVANÊS 7

CONTOS DE LIMA BARRETO 17

O ÚNICO ASSASSINATO DE CAZUZA 23

O NÚMERO DA SEPULTURA 29

MANEL CAPINEIRO 40

MILAGRE DO NATAL 44

A SOMBRA DO ROMARIZ 51

QUASE ELA DEU O "SIM"; MAS... 54

FOI BUSCAR LÁ 59

O JORNALISTA (A RANULFO PRATA) 66

O TAL NEGÓCIO DE PRESTAÇÕES 71

O MEU CARNAVAL 74

FIM DE UM SONHO 78

LOURENÇO, O MAGNÍFICO 81

O FALSO D. HENRIQUE V 89

EFICIÊNCIA MILITAR 99

O PECADO 103

UM QUE VENDEU A SUA ALMA 105

CARTA DE UM DEFUNTO RICO 108

O HOMEM QUE SABIA JAVANÊS

Em uma confeitaria, certa vez, ao meu amigo Castro, contava eu as partidas que havia pregado às convicções e às respeitabilidades, para poder viver.

Houve mesmo, uma dada ocasião, quando estive em Manaus, em que fui obrigado a esconder a minha qualidade de bacharel, para mais confiança obter dos clientes, que afluíam ao meu escritório de feiticeiro e adivinho. Contava eu isso.

O meu amigo ouvia-me calado, embevecido, gostando daquele meu Gil Blas vivido, até que, em uma pausa da conversa, ao esgotarmos os copos, observou a esmo:

— Tens levado uma vida bem engraçada, Castelo!

— Só assim se pode viver... Isto de uma ocupação única: sair de casa a certas horas, voltar a outras, aborrece, não achas? Não sei como me tenho aguentado lá, no consulado!

— Cansa-se, mas não é disso que me admiro. O que me admira, é que tenhas corrido tantas aventuras aqui, neste Brasil imbecil e burocrático.

— Qual! Aqui mesmo, meu caro Castro, se podem arranjar belas páginas de vida. Imagina tu que eu já fui professor de javanês!

— Quando? Aqui, depois que voltaste do consulado?

— Não, antes. E, por sinal, fui nomeado cônsul por isso.

— Conta lá como foi. Bebes mais cerveja?

— Bebo.

Mandamos buscar mais outra garrafa, enchemos os copos e continuei:

– Eu tinha chegado havia pouco ao Rio, estava literalmente na miséria. Vivia fugido de casa de pensão em casa de pensão, sem saber como ganhar dinheiro, quando li no *Jornal do Comércio* o anuncio seguinte:

"Precisa-se de um professor de língua javanesa. Cartas, etc". Ora, disse cá comigo, está ali uma colocação que não terá muitos concorrentes; se eu capiscasse quatro palavras, ia apresentar-me. Saí do café e andei pelas ruas, sempre a imaginar-me professor de javanês, ganhando dinheiro, andando de bonde e sem encontros desagradáveis com os "cadáveres". Insensivelmente dirigi-me à Biblioteca Nacional. Não sabia bem que livro iria pedir, mas entrei, entreguei o chapéu ao porteiro, recebi a senha e subi. Na escada, acudiu-me pedir a Grande *Encyclopédie*, letra J, a fim de consultar o artigo relativo à Java e à língua javanesa. Dito e feito. Fiquei sabendo, ao fim de alguns minutos, que Java era uma grande ilha do Arquipélago de Sonda, colônia holandesa e o javanês, língua aglutinante do grupo maleo-polinésico, possuía uma literatura digna de nota e escrita em caracteres derivados do velho alfabeto hindu.

A *Encyclopédie* dava-me indicação de trabalhos sobre a tal língua malaia e não tive dúvidas em consultar um deles. Copiei o alfabeto, a sua pronunciação figurada e saí. Andei pelas ruas, perambulando e mastigando letras. Na minha cabeça dançavam hieróglifos; de quando em quando consultava as minhas notas; entrava nos jardins e escrevia estes calungas na areia para guardá-los bem na memória e habituar a mão a escrevê-los.

À noite, quando pude entrar em casa sem ser visto, para evitar indiscretas perguntas do encarregado, ainda continuei no quarto a engolir o meu "abêcê" malaio e, com tanto afinco levei o propósito que, de manhã, o sabia perfeitamente.

Convenci-me que aquela era a língua mais fácil do mundo e saí, mas não tão cedo que não me encontrasse com o encarregado dos aluguéis dos cômodos:

– Senhor Castelo, quando salda a sua conta?

Respondi-lhe então eu, com a mais encantadora esperança:

O HOMEM QUE SABIA JAVANÊS

– Breve... Espere um pouco... Tenha paciência... Vou ser nomeado professor de javanês, e...

Por aí o homem interrompeu-me:

– Que diabo vem a ser isso, senhor Castelo?

Gostei da diversão e ataquei o patriotismo do homem:

– É uma língua que se fala lá pelas bandas do Timor. Sabe onde é?

Oh! Alma ingênua! O homem esqueceu-se da minha dívida e disse-me com aquele falar forte dos portugueses:

– Eu cá por mim, não sei bem, mas ouvi dizer que são umas terras que temos lá para os lados de Macau. E o senhor sabe isso, senhor Castelo?

Animado com esta saída feliz que me deu o javanês, voltei a procurar o anúncio. Lá estava ele. Resolvi animosamente propor-me ao professorado do idioma oceânico. Redigi a resposta, passei pelo jornal e lá deixei a carta. Em seguida, voltei à biblioteca e continuei os meus estudos de javanês. Não fiz grandes progressos nesse dia, não sei se por julgar o alfabeto javanês o único saber necessário a um professor de língua malaia ou se por ter me empenhado mais na bibliografia e história literária do idioma que ia ensinar.

Ao cabo de dois dias, recebia eu uma carta para ir falar ao doutor Manuel Feliciano Soares Albernaz, barão de Jacuecanga, à rua Conde de Bonfim, não me recordo bem que número. E preciso não te esqueceres que entrementes continuei estudando o meu malaio, isto é, o tal javanês. Além do alfabeto, fiquei sabendo o nome de alguns autores, também perguntar e responder "como está o senhor?" e duas ou três regras de gramática, lastrado todo esse saber com vinte palavras do léxico.

Não imaginas as grandes dificuldades com que lutei para arranjar os quatrocentos réis da viagem! É mais fácil, podes ficar certo, aprender o javanês...

Fui a pé. Cheguei suadíssimo e, com maternal carinho, as anosas mangueiras, que se perfilavam em alameda diante da casa do titular, me receberam, me acolheram e me reconfortaram. Em toda a minha vida, foi o único momento em que cheguei a sentir a simpatia da natureza...

Era uma casa enorme que parecia estar deserta, estava maltratada, mas não sei por que me veio pensar que nesse mau tratamento havia mais desleixo e cansaço de viver que mesmo pobreza. Devia haver anos que não era pintada. As paredes descascavam e os beirais do telhado, daquelas telhas vidradas de outros tempos, estavam desguarnecidos aqui e ali, como dentaduras decadentes ou malcuidadas.

Olhei um pouco o jardim e vi a pujança vingativa com que a tiririca e o carrapicho tinham expulsado os tinhorões e as begônias. Os crótons continuavam, porém, a viver com a sua folhagem de cores mortiças. Bati. Custaram-me a abrir. Veio, por fim, um antigo preto africano[1], cujas barbas e cabelo de algodão davam à sua fisionomia uma aguda impressão de velhice, doçura e sofrimento.

Na sala, havia uma galeria de retratos: arrogantes senhores de barba em colar se perfilavam enquadrados em imensas molduras douradas, e doces perfis de senhoras, em bandós, com grandes leques, pareciam querer subir aos ares, enfunadas pelos redondos vestidos à balão, mas daquelas velhas coisas, sobre as quais a poeira punha mais antiguidade e respeito, a que gostei mais de ver foi um belo jarrão de porcelana da China ou da Índia, como se diz. Aquela pureza da louça, a sua fragilidade, a ingenuidade do desenho e aquele seu fosco brilho de luar, diziam-me que aquele objeto tinha sido feito por mãos de criança, a sonhar, para encanto dos olhos fatigados dos velhos desiludidos...

Esperei um instante o dono da casa. Tardou um pouco. Um tanto trôpego, com o lenço de Alcobaça na mão, tomando veneravelmente o simonte de antanho, foi cheio de respeito que o vi chegar. Tive vontade de ir-me embora. Mesmo se não fosse ele o discípulo, era sempre um crime mistificar aquele ancião, cuja velhice trazia à tona do meu pensamento alguma coisa de augusto, de sagrado. Hesitei, mas fiquei.

– Eu sou – avancei – o professor de javanês, que o senhor disse precisar.

– Sente-se – respondeu-me o velho. – O senhor é daqui, do Rio?

– Não, sou de Canavieiras.

– Como? – fez ele. – Fale um pouco alto, que sou surdo.

– Sou de Canavieiras, na Bahia – insisti eu.

---

1   Mantivemos o texto original do autor, esse termos eram comuns na época, o que não reflete a sociedade atual.

O HOMEM QUE SABIA JAVANÊS

– Onde fez os seus estudos?

– Em São Salvador.

– Onde aprendeu o javanês? – indagou ele, com aquela teimosia peculiar aos velhos.

Não contava com essa pergunta, mas imediatamente arquitetei uma mentira. Contei-lhe que meu pai era javanês, tripulante de um navio mercante, viera ter à Bahia, estabelecera-se nas proximidades de Canavieiras como pescador, casara, prosperara e fora com ele que aprendi javanês.

– E ele acreditou? E o físico? – perguntou meu amigo, que até então me ouvira calado.

– Não sou – objetei – lá muito diferente de um javanês. Estes meus cabelos corridos, duros e grossos e a minha pele basané podem dar-me muito bem o aspecto de um mestiço de malaio... Tu sabes bem que, entre nós, há de tudo: índios, malaios, taitianos, malgaches, guanches, até godos. É uma comparsaria de raças e tipos de fazer inveja ao mundo inteiro.

– Bem – fez o meu amigo – continua.

O velho ouviu-me atentamente, considerou demoradamente o meu físico, pareceu que me julgava de fato filho de malaio e perguntou-me com doçura:

– Então está disposto a ensinar-me javanês?

A resposta saiu-me sem querer:

– Pois não.

– O senhor há de ficar admirado – aduziu o barão de Jacuecanga – que eu, nesta idade, ainda queira aprender qualquer coisa, mas...

– Não tenho que admirar. Têm-se visto exemplos e exemplos muito fecundos...?

– O que eu quero, meu caro senhor...

– Castelo – adiantei eu.

– O que eu quero, meu caro senhor Castelo, é cumprir um juramento de família. Não sei se o senhor sabe que eu sou neto do Conselheiro Albernaz, aquele que acompanhou Pedro I, quando abdicou. Voltando de Londres, trouxe para aqui um livro em língua esquisita, a que tinha grande estimação. Fora um hindu ou siamês que lho dera, em Londres, em agradecimento a não sei que serviço prestado por meu avô. Ao morrer meu avô, chamou meu pai e lhe disse: "Filho, tenho este livro aqui, escrito em javanês. Disse-me quem mo deu, que ele evita desgraças e traz felicidades para quem o tem. Eu não sei nada ao certo. Em todo o caso, guarda-o, mas se queres que o fado que me deitou o sábio oriental se cumpra, faze com que teu filho o entenda, para que sempre a nossa raça seja feliz". Meu pai – continuou o velho barão –, não acreditou muito na história, contudo, guardou o livro. Às portas da morte, ele mo deu e disse-me o que prometera ao pai. Em começo, pouco caso fiz da história do livro. Deitei-o a um canto e fabriquei minha vida. Cheguei até a esquecer-me dele, mas de uns tempos a esta parte, tenho passado por tanto desgosto, tantas desgraças têm caído sobre a minha velhice que me lembrei do talismã da família. Tenho que o ler, que o compreender, se não quero que os meus últimos dias anunciem o desastre da minha posteridade e, para entendê-lo, é claro, que preciso entender o javanês. Eis aí.

Calou-se e notei que os olhos do velho se tinham orvalhado. Enxugou discretamente os olhos e perguntou-me se queria ver o tal livro. Respondi-lhe que sim. Chamou o criado, deu-lhe as instruções e explicou-me que perdera todos os filhos, sobrinhos, só lhe restando uma filha casada, cuja prole, porém, estava reduzida a um filho, débil de corpo e de saúde frágil e oscilante.

Veio o livro. Era um velho calhamaço, um in-quarto antigo, encadernado em couro, impresso em grandes letras, em um papel amarelado e grosso. Faltava a folha do rosto e por isso não se podia ler a data da impressão. Tinha ainda umas páginas de prefácio, escritas em inglês, onde li que se tratava das histórias do príncipe Kulanga, escritor javanês de muito mérito.

Logo informei disso o velho barão que, não percebendo que eu tinha chegado aí pelo inglês, ficou tendo em alta consideração o meu saber malaio. Estive ainda folheando o cartapácio, à laia de quem sabe magistralmente aquela espécie de vasconço, até que afinal contratamos as condições de preço e de hora, comprometendo-me a fazer com que ele lesse o tal alfarrábio antes de um ano.

Dentro em pouco, dava a minha primeira lição, mas o velho não foi tão diligente quanto eu. Não conseguia aprender a distinguir e a escrever nem sequer quatro letras. Enfim, com metade do alfabeto levamos um mês e o senhor barão de Jacuecanga não ficou lá muito senhor da matéria: aprendia e desaprendia.

A filha e o genro (penso que até aí nada sabiam da história do livro) vieram a ter notícias do estudo do velho; não se incomodaram. Acharam graça e julgaram a coisa boa para distraí-lo.

Mas com o que tu vais ficar assombrado, meu caro Castro, é com a admiração que o genro ficou tendo pelo professor de javanês. Que coisa única! Ele não se cansava de repetir: "É um assombro! Tão moço! Se eu soubesse isso, ah! Onde estava!".

O marido de dona Maria da Glória (assim se chamava a filha do barão), era desembargador, homem relacionado e poderoso, mas não se pejava em mostrar diante de todo o mundo a sua admiração pelo meu javanês. Por outro lado, o barão estava contentíssimo. Ao fim de dois meses, desistira da aprendizagem e pedira-me que lhe traduzisse, um dia sim outro não, um trecho do livro encantado. Bastava entendê-lo, disse-me ele; nada se opunha que outrem o traduzisse e ele ouvisse. Assim evitava a fadiga do estudo e cumpria o encargo.

Sabes bem que até hoje nada sei de javanês, mas compus umas histórias bem tolas e impingi-as ao velhote como sendo do crônicon. Como ele ouvia aquelas bobagens!...

Ficava extático, como se estivesse a ouvir palavras de um anjo. E eu crescia aos seus olhos!

Fez-me morar em sua casa, enchia-me de presentes, aumentava-me o ordenado. Passava, enfim, uma vida regalada.

Contribuiu muito para isso o fato de vir ele a receber uma herança de um parente seu esquecido, que vivia em Portugal. O bom velho atribuiu a cousa ao meu javanês e eu estive quase a crê-lo também.

Fui perdendo os remorsos, mas em todo o caso, sempre tive medo que me aparecesse pela frente alguém que soubesse o tal patuá malaio. E esse meu temor foi grande, quando o doce barão me mandou com uma carta ao Visconde de Caruru, para que me fizesse entrar na diplomacia. Fiz-lhe todas as objeções: a minha fealdade, a falta de elegância, o meu aspecto tagalo. "Qual! – Retrucava ele. – Vá, menino, você sabe javanês!" Fui. Mandou-me o visconde para a Secretaria dos Estrangeiros com diversas recomendações. Foi um sucesso.

O diretor chamou os chefes de seção: "Vejam só, um homem que sabe javanês, que portento!".

Os chefes de seção levaram-me aos oficiais e amanuenses e houve um destes que me olhou mais com ódio do que com inveja ou admiração. E todos diziam: "Então sabe javanês? É difícil? Não há quem o saiba aqui!".

O tal amanuense, que me olhou com ódio, acudiu então: "É verdade, mas eu sei canaque. O senhor sabe?". Disse-lhe que não e fui à presença do ministro.

A alta autoridade levantou-se, pôs as mãos às cadeiras, concertou o pincenê no nariz e perguntou: "Então, sabe javanês?". Respondi-lhe que sim e, à sua pergunta onde o tinha aprendido, contei-lhe a história do tal pai javanês. "Bem, disse-me o ministro, o senhor não deve ir para a diplomacia; o seu físico não se presta... O bom seria um consulado na Ásia ou Oceania. Por ora, não há vaga, mas vou fazer uma reforma e o senhor entrará. De hoje em diante, porém, fica adido ao meu ministério e quero que, para o ano, parta para Bale, onde vai representar o Brasil no Congresso de Linguística. Estude, leia o Hovelacque, o Max Müller, e outros!"

Imagina tu que eu até aí nada sabia de javanês, mas estava empregado e iria representar o Brasil em um congresso de sábios.

O velho barão veio a morrer, passou o livro ao genro para que o fizesse chegar ao neto, quando tivesse a idade conveniente e fez-me uma deixa no testamento.

Pus-me com afã no estudo das línguas maleo-polinésicas, mas não havia meio!

Bem jantado, bem-vestido, bem-dormido, não tinha energia necessária para fazer entrar na cachola aquelas coisas esquisitas. Comprei livros, assinei revistas: *Revue Anthropologique et Linguistique, Proceedings of the English-Oceanic Association, Archivo Glottologico* Italiano, o diabo, mas nada! E a minha fama crescia. Na rua, os informados apontavam-me, dizendo aos outros: "Lá vai o sujeito que sabe javanês". Nas livrarias, os gramáticos consultavam-me sobre a colocação dos pronomes no tal jargão das ilhas de Sonda. Recebia cartas dos eruditos do interior, os jornais citavam o meu saber e recusei aceitar uma turma de alunos sequiosos de entenderem o tal javanês. A convite da redação escrevi, no *Jornal do Comércio*, um artigo de quatro colunas sobre a literatura javanesa antiga e moderna...

– Como, se tu nada sabias? – interrompeu-me o atento Castro.

– Muito simplesmente: em primeiro lugar, descrevi a ilha de Java, com o auxílio de dicionários e umas poucas de geografias, e depois citei a mais não poder.

– E nunca duvidaram? – perguntou-me ainda o meu amigo.

– Nunca. Isto é, uma vez quase fico perdido. A polícia prendeu um sujeito, um marujo, um tipo bronzeado que só falava uma língua esquisita. Chamaram diversos intérpretes, ninguém o entendia. Fui também chamado, com todos os respeitos que a minha sabedoria merecia, naturalmente. Demorei-me em ir, mas fui afinal. O homem já estava solto, graças à intervenção do cônsul holandês, a quem ele se fez compreender com meia dúzia de palavras holandesas. E o tal marujo era javanês, uf!

Chegou, enfim, a época do congresso e lá fui para a Europa. Que delícia! Assisti à inauguração e às sessões preparatórias. Inscreveram-me na seção do tupi-guarani e eu abalei para Paris. Antes, porém, fiz publicar no *Mensageiro de Bale* o meu retrato, notas biográficas e bibliográficas. Quando voltei, o presidente pediu-me desculpas por me ter dado aquela seção; não conhecia os meus trabalhos e julgara que, por ser eu americano brasileiro, me estava naturalmente indicada a seção do tupi-guarani. Aceitei as explicações e até hoje ainda não pude escrever as minhas obras sobre o javanês, para lhe mandar, conforme prometi.

Acabado o congresso, fiz publicar extratos do artigo do *Mensageiro de Bale*, em Berlim, em Turim e Paris, onde os leitores de minhas obras me ofereceram um banquete, presidido pelo Senador Gorot. Custou-me toda essa brincadeira, inclusive o banquete que me foi oferecido, cerca de dez mil francos, quase toda a herança do crédulo e bom barão de Jacuecanga.

Não perdi meu tempo nem meu dinheiro. Passei a ser uma glória nacional e, ao saltar no cais Pharoux, recebi uma ovação de todas as classes sociais e o presidente da república, dias depois, convidava-me para almoçar em sua companhia.

Dentro de seis meses fui despachado cônsul em Havana, onde estive seis anos e para onde voltarei, a fim de aperfeiçoar os meus estudos das línguas da Malaia, Melanésia e Polinésia.

– É fantástico – observou Castro, agarrando o copo de cerveja.

– Olha: se não fosse estar contente, sabes que ia ser?

– Que?

– Bacteriologista eminente. Vamos?

– Vamos.

Gazeta da Tarde, Rio de janeiro, 28 de abril de 1911.

Fim

Contos de Lima Barreto
TRÊS GÊNIOS DE SECRETARIA

O meu amigo Augusto Machado, de quem acabo de publicar uma pequena brochura aliteratada, *Vida e morte de M. J. Gonzaga de Sá*, mandou-me algumas notas herdadas por ele desse seu amigo, que, como se sabe, foi oficial da Secretaria dos Cultos. Coordenadas por mim, sem nada pôr de meu, eu as dou aqui, para a meditação dos leitores:

"Estas minhas memórias, que há dias tento começar, são deveras difíceis de executar, pois se imaginarem que a minha secretaria é de pequeno pessoal e pouco nela se passa de notável, bem avaliarão em que apuros me encontro para dar volume às minhas recordações de velho funcionário. Entretanto, sem recorrer à dificuldade, mas ladeando-a, irei sem preocupar-me com datas nem tampouco me incomodando com a ordem das coisas e fatos, narrando o que me acudir de importante, à proporção de escrevê-las. Ponho-me à obra.

Logo no primeiro dia em que funcionei na secretaria, senti bem que todos nós nascemos para empregado público. Foi a reflexão que fiz, ao me julgar tão em mim, quando, após a posse e o compromisso ou juramento, sentei-me perfeitamente à vontade na mesa que me determinaram. Nada houve que fosse surpresa, nem tive o mínimo acanhamento.

Eu tinha 21 para 22 anos e nela me abanquei como se de há muito já o fizesse. Tão depressa foi a minha adaptação que me julguei nascido para ofício de auxiliar o Estado, com a minha reduzida gramática e o meu péssimo cursivo, na sua missão de regular a marcha e a atividade da nação.

Com familiaridade e convicção, manuseava os livros, grandes montões de papel espesso e capas de couro, que estavam destinados a durar tanto quanto as pirâmides do Egito. Eu sentia muito menos aquele registro de decretos e portarias e eles pareciam olhar-me respeitosamente e pedir-me sempre a carícia das minhas mãos e a doce violência da minha escrita.

Puseram-me também a copiar ofícios e a minha letra tão má e o meu desleixo tão meu, muito papel fizeram-me gastar, sem que isso redundasse em grande perturbação no desenrolar das coisas governamentais.

Mas, como dizia, todos nós nascemos para funcionário público. Aquela placidez do ofício, sem atritos, nem desconjuntamentos violentos; aquele deslizar macio durante cinco horas por dia; aquela mediania de posição e fortuna, garantindo inabalavelmente uma vida medíocre, tudo isso vai muito bem com as nossas vistas e os nossos temperamentos. Os dias no emprego do Estado nada têm de imprevisto, não pedem qualquer espécie de esforço a mais, para viver o dia seguinte. Tudo corre calma e suavemente, sem colisões, nem sobressaltos, escrevendo-se os mesmos papéis e avisos, os mesmos decretos e portarias, da mesma maneira, durante todo o ano, exceto os dias feriados, santificados e os de ponto facultativo, invenção das melhores da nossa República.

De resto, tudo nele é sossego e quietude. O corpo fica em cômodo jeito; o espírito aquieta-se, não tem efervescências nem angústias; as praxes estão fixas e as fórmulas já sabidas.

Pensei até em casar, não só para ter uns bate-bocas com a mulher, mas, também, para ficar mais burro, ter preocupações de 'pistolões', para ser promovido. Não o fiz e agora, já que não digo a ente humano, mas ao discreto papel, posso confessar por quê. Casar-me no meu nível social seria abusar-me com a mulher, pela sua falta de instrução e cultura intelectual; casar-me acima seria fazer-me lacaio dos figurões, para darem-me cargos, propinas, gratificações, que satisfizessem às exigências da esposa. Não queria uma nem outra coisa. Houve uma ocasião em que tentei solver a dificuldade, casando-me, ou coisa que o valha, abaixo da minha situação. É a tal história da criada... Aí foram a minha dignidade pessoal e o meu cavalheirismo que me impediram.

Não podia, nem devia ocultar a ninguém e de nenhuma forma, a mulher com quem eu dormia e era mãe dos meus filhos. Eu ia citar Santo Agostinho, mas deixo de fazê-lo para continuar a minha narração...

Quando, de manhã, novo ou velho no emprego, a gente se senta na sua mesa oficial, não há novidade de espécie alguma e, já da pena, escreve devagarinho: 'Tenho a honra', etc., etc.; ou, republicanamente, 'Declaro-vos, para os fins convenientes', etc., etc. Se há mudança, é pequena e o começo é já bem sabido:'Tenho em vistas'... ou 'Na forma do disposto'...

Às vezes o papel oficial fica semelhante a um estranho mosaico de fórmulas e chapas; e são os mais difíceis, nos quais o doutor Xisto Rodrigues brilhava como mestre inigualável.

O doutor Xisto já é conhecido dos senhores, mas não é dos outros gênios da Secretaria dos Cultos. Xisto é estilo antigo. Entrou honestamente, fazendo um concurso decente e sem padrinhos. Apesar da sua pulhice bacharelesca e a sua limitação intelectual, merece respeito pela honestidade que põe em todos os atos de sua vida, mesmo como funcionário. Sai à hora regulamentar e entra à hora regulamentar; não bajula, nem recebe gratificações.

Os dois outros, porém, são mais modernizados. Um é 'charadista', o homem que o diretor consulta, que dá as informações confidenciais, para o presidente e o ministro promoverem os amanuenses. Este ninguém sabe como entrou para a secretaria, mas logo ganhou a confiança de todos, de todos se fez amigo e, em pouco, subiu três passos na hierarquia e arranjou quatro gratificações mensais ou extraordinárias. Não é má pessoa, ninguém se pode aborrecer com ele: é uma criação do ofício que só amofina os outros, assim mesmo sem nada estes saberem ao certo, quando se trata de promoções. Há casos muito interessantes, mas deixo as proezas dessa inferência burocrática, em que o seu amor primitivo a charadas, ao logogrifo e aos enigmas pitorescos pôs-lhe sempre na alma uma caligem de mistério e uma necessidade de impor aos outros adivinhação sobre ele mesmo. – Deixo-a – dizia –, para tratar do 'auxiliar de gabinete'. É este a figura mais curiosa do funcionalismo moderno. É sempre doutor em qualquer coisa; pode ser mesmo engenheiro hidráulico ou eletricista. Veio de qualquer parte do Brasil, da Bahia ou de Santa Catarina, estudou no Rio qualquer coisa, mas não veio estudar, veio arranjar um emprego seguro que o levasse maciamente para o fundo da terra, donde deveria ter saído em planta, em animal e, se fosse possível, em mineral qualquer. É inútil, vadio, mau e pedante, ou antes, pernóstico.

Instalado no Rio, com fumaças de estudante, sonhou logo arranjar um casamento, não para conseguir uma mulher, mas, para arranjar um sogro influente, que o empregasse em qualquer coisa, solidamente. Quem como ele faz de sua vida, tão somente caminho para o cemitério, não quer muito: um lugar em uma secretaria qualquer serve. Há os que veem mais alto e se servem do mesmo meio, mas são a quintessência da espécie.

Na Secretaria dos Cultos, o seu típico e célebre 'auxiliar de gabinete', arranjou o sogro dos seus sonhos, num antigo professor do seminário, pessoa muito relacionada com padres, frades, sacristães, irmãs de caridade, doutores em cânones, definidores, fabriqueiros, fornecedores e mais pessoal eclesiástico.

O sogro ideal, o antigo professor, ensinava no seminário uma física muito própria aos fins do estabelecimento, mas que havia de horripilar o mais medíocre aluno de qualquer estabelecimento leigo.

Tinha ele uma filha a casar e o 'auxiliar de gabinete' logo viu, no seu casamento com ela, o mais fácil caminho para arranjar uma barrigazinha estufadinha e uma bengala com castão de ouro.

Houve exame na Secretaria dos Cultos, e o 'sogro' sem escrúpulo algum, fez-se nomear examinador do concurso para o provimento do lugar e meter nele 'o noivo'.

Que se havia de fazer? O rapaz precisava.

O rapaz foi posto em primeiro lugar, nomeado, e o velho sogro (já o era de fato) arranjou-lhe o lugar de 'auxiliar de gabinete' do ministro. Nunca mais saiu dele e, certa vez, quando foi, *pro formula* se despedir do novo ministro, chegou a levantar o reposteiro para sair, mas nisto, o ministro bateu na testa e gritou:

– Quem é aí o doutor Mata-Borrão?

O homenzinho voltou-se e respondeu, com algum tremor na voz e esperança nos olhos:

– Sou eu, excelência.

– O senhor fica. O seu 'sogro' já me disse que o senhor precisa muito.

É ele assim, no gabinete, entre os poderosos, mas quando fala a seus iguais, é de uma prosápia de Napoleão, de quem se não conhecesse a Josefina.

A todos em que ele vê um concorrente, traiçoeiramente desacredita: é bêbedo, joga, abandona a mulher, não sabe escrever 'comissão', etc. Adquiriu títulos literários, publicando a *Relação dos Padroeiros das Principais Cidades do Brasil;* e sua mulher quando fala nele, não se esquece de dizer: 'Como Rui Barbosa, o Chico' ou 'Como Machado de Assis, meu marido só bebe água'. Gênio doméstico e burocrático, Mata-Borrão não chegará, apesar da sua maledicência interesseira, a entrar nem no inferno. A vida não é unicamente um caminho para o cemitério; é mais alguma coisa e quem a enche assim, nem Belzebu o aceita. Seria desmoralizar o seu império, mas a burocracia quer desses amorfos, pois ela é das criações sociais aquela que mais atrozmente tende a anular a alma, a inteligência, e os influxos naturais e físicos ao indivíduo. É um expressivo documento de seleção inversa que caracteriza toda a nossa sociedade burguesa, permitindo no seu campo especial, com a anulação dos melhores da inteligência, de saber, de caráter e criação, o triunfo inexplicável de um Mata-Borrão por aí.

Pela cópia, conforme."

Brás Cubas, Rio de Janeiro, 10 de abril de 1919.

O ÚNICO ASSASSINATO DE CAZUZA

Hildegardo Brandão, conhecido familiarmente por Cazuza, tinha chegado aos seus 50 anos e poucos, desesperançado, mas não desesperado. Depois de violentas crises de desespero, rancor e despeito diante das injustiças, que tinha sofrido em todas as coisas nobres que tentara na vida, viera-lhe uma beatitude de santo e uma calma grave de quem se prepara para a morte.

Tudo tentara e em tudo mais ou menos falhara. Tentara formar-se, foi reprovado; tentara o funcionalismo, foi sempre preterido por colegas inferiores em tudo a ele, mesmo no burocracismo; fizera literatura e se, de todo, não falhou, foi devido à audácia de que se revestiu, audácia de quem "queimou os seus navios". Assim mesmo, todas as picuinhas lhe eram feitas. Às vezes, julgavam-no inferior a certo outro, porque não tinha pasta de marroquim; outras vezes tinham-no por inferior a determinado "antologista", porque semelhante autor havia, quando "encostado" ao consulado do Brasil em Paris, recebido como presente do rei do Sião, uma bengala de legítimo junco-da-índia. Por essas e outras, ele se aborreceu e resolveu retirar-se da liça. Com alguma renda, tendo uma pequena casa, num subúrbio afastado, afundou-se nela, aos 45 anos, para nunca mais ver o mundo, como o herói de Júlio Verne, no seu "Náutilus". Comprou os seus últimos livros e nunca mais apareceu na Rua do Ouvidor. Não se arrependeu nunca de sua independência e da sua honestidade intelectual.

Aos 53 anos, não tinha mais um parente próximo junto de si. Vivia, por assim dizer, só, tendo somente a seu lado um casal de pretos velhos, aos quais ele sustentava e dava, ainda por cima, algum dinheiro mensalmente.

A sua vida, nos dias de semana, decorria assim: pela manhã, tomava café e ia até a venda, que supria a sua casa, ler os jornais, sem deixar de servir-se, com moderação, de alguns cálices de parati, de que infelizmente abusara na mocidade. Voltava para a casa, almoçava e lia os seus livros, porque acumulara uma pequena biblioteca de mais de mil volumes. Quando se cansava, dormia. Jantava e, se fazia bom tempo, passeava a esmo pelos arredores, tão alheio e soturno que não perturbava nem um namoro que viesse a topar.

Aos domingos, porém, esse seu viver se quebrava. Ele fazia uma visita, uma única e sempre a mesma. Era também a um desalentado amigo seu. Médico, de real capacidade, nunca o quiseram reconhecer porque ele escrevia "propositalmente" e não "propositadamente", "de súbito" e não "às súbitas", etc., etc.

Tinham sido colegas de preparatórios e, muito íntimos, dispensavam-se de usar confidências mútuas. Um entendia o outro, somente pelo olhar.

Pelos domingos, como já foi dito, era costume de Hildegardo ir, logo pela manhã, após o café, à casa do amigo, que ficava próximo, ler lá os jornais e tomar parte no "ajantarado", da família.

Naquele domingo, o Cazuza, para os íntimos, foi fazer a visita habitual a seu amigo doutor Ponciano.

Este comprava certos jornais; e Hildegardo, outros. O médico sentava-se a uma cadeira de balanço; e o seu amigo numa dessas a que chamam de bordo ou de lona. De permeio, ficava-lhes a secretária. A sala era vasta e clara e toda ela adornada de quadros anatômicos. Liam e depois conversavam. Assim fizeram, naquele domingo.

Hildegardo disse, ao fim da leitura dos quotidianos:

– Não sei como se pode viver no interior do Brasil!

– Por quê?

– Mata-se à toa por dá-cá-aquela-palha. As paixões, mesquinhas paixões políticas, exaltam os ânimos de tal modo, que uma facção não teme eliminar o adversário e por meio do assassinato, às vezes o revestindo da forma mais cruel. O predomínio, a chefia da política local é o único fim visado nesses homicídios, quando não são a questões de família, de herança, de terras e, às vezes, causas menores. Não leio os jornais que não me apavore com tais notícias. Não é aqui, nem ali; é em todo o Brasil, mesmo às portas do Rio de Janeiro. É um horror! Além desses assassinatos, praticados por capangas (que nome horrível!), há os praticados pelos policiais e semelhantes nas pessoas dos adversários dos governos locais, adversários ou tidos como adversários. Basta um boquejo, para chegar uma escolta, varejar fazendas, talar plantações, arrebanhar gado, encarcerar ou surrar gente que, pelo seu trabalho, devia merecer mais respeito. Penso, de mim para mim, ao ler tais notícias, que a fortuna dessa gente que está na câmara, no senado, nos ministérios, até na presidência da república se alicerça no crime, no assassinato. Que acha você?

– Aqui, a diferença não é tão grande para o interior nesse ponto. Já houve quem dissesse que, quem não manda um mortal deste para o outro mundo, não faz carreira na política do Rio de Janeiro.

– É verdade, mas aqui, ao menos, as naturezas delicadas se podem abster de política, mas no interior, não. Vêm as relações, os pedidos e você se alista. A estreiteza do meio impõe isso, esse obséquio a um camarada, favor que parece insignificante. As coisas vão bem, mas num belo dia, esse camarada, por isso ou por aquilo, rompe com o seu antigo chefe. Você, por lealdade, o segue e eis você arriscado a levar uma estocada em uma das virilhas ou a ser assassinado a pauladas como um cão danado. E eu quis ir viver no interior! De que me livrei, santo Deus!

– Eu já tinha dito a você que esse negócio de paz na vida da roça é história. Quando cliniquei, no interior, já havia observado esse prurido, essa ostentação de valentia de que os caipiras gostam de fazer e que, as mais das vezes, é causa de assassinatos estúpidos. Poderia contar a você muitos casos dessa ostentação de assassinato, que parte da gente da roça, mas não vale a pena. É coisa sem valia e só pode interessar a especialistas em estudos de criminologia.

– Penso – observou Hildegardo – que esse êxodo da população dos campos para as cidades, pode ser em parte atribuído à falta de segurança que existe na roça. Um qualquer cabo de destacamento é um César naquelas paragens, que fará então um delegado ou subdelegado? É um horror!

Os dois calaram-se e, silenciosos, se puseram a fumar. Ambos pensavam numa mesma coisa: em encontrar remédio para um tão deplorável estado de coisas. Mal acabavam de fumar, Ponciano disse desalentado:

– E não há remédio.

Hildegardo secundou-o.

– Não acho nenhum.

Continuaram calados alguns instantes, Hildegardo leu ainda um jornal e, dirigindo-se ao amigo, disse:

– Deus não me castigue, mas eu temo mais matar do que morrer. Não posso compreender como esses políticos, que andam por aí, vivam satisfeitos, quando a estrada de sua ascensão é marcada por cruzes. Se por ventura matasse creia que eu, a que não tem deixado passar pela cabeça sonhos de Raskólnikov, sentiria como ele: as minhas relações com a humanidade seriam de todo outras, daí em diante. Não haveria castigo que me tirasse semelhante remorso da consciência, fosse de que modo fosse, perpetrado o assassinato. Que acha você?

– Eu também, mas você sabe o que dizem esses políticos que sobem às alturas com dezenas de assassinatos nas costas?

– Não.

– Que todos nós matamos.

Hildegardo sorriu e fez para o amigo com toda a serenidade:

– Estou de acordo. Já matei também.

O médico espantou-se e exclamou:

– Você, Cazuza!

– Sim, eu! – Confirmou Cazuza.

– Como? Se você ainda agora mesmo...

– Eu conto a coisa a você. Tinha eu 7 anos e minha mãe ainda vivia. Você sabe que, a bem dizer, não conheci minha mãe!

– Sei.

– Só me lembro dela no caixão quando meu pai, chorando, me carregou para aspergir água-benta sobre o seu cadáver. Durante toda a minha vida, fez muita falta. Talvez fosse menos rebelde, menos sombrio e desconfiado, mais contente com a vida, se ela vivesse. Deixando-me ainda na primeira infância, bem cedo firmou-se o meu caráter, mas em contrapeso, bem cedo, me vieram o desgosto de viver, o retraimento, por desconfiar de todos, a capacidade de ruminar mágoas sem comunicá-las a ninguém, o que é um alívio sempre; enfim, muito antes do que era natural, chegaram-me o tédio, o cansaço da vida e uma certa misantropia.

Notando o amigo que Cazuza dizia essas palavras com emoção muito forte e os olhos úmidos, cortou-lhe a confissão dolorosa com um apelo alegre:

– Vamos, Carleto; conta o assassinato que você perpetrou.

Hildegardo ou Cazuza conteve-se e começou a narrar:

– Eu tinha sete anos e minha mãe ainda vivia. Morávamos em Paula Matos... Nunca mais subi a esse morro, depois da morte de minha mãe...

– Conte a história, homem! – Fez impaciente o doutor Ponciano.

– A casa, na frente, não se erguia, em nada, da rua, mas para o fundo, devido à diferença de nível, elevava-se um pouco, de modo que, para se ir ao quintal, a gente tinha que descer uma escada de madeira de quase duas dezenas de degraus. Um dia, descendo a escada, distraído, no momento em que punha o pé no chão do quintal, o meu pé descalço apanhou um pinto e eu o esmaguei. Subi espavorido a escada, chorando, soluçando e gritando: "Mamãe, mamãe! Matei, matei.. ". Os soluços me tomavam a fala e eu não podia acabar a frase. Minha mãe acudiu, perguntando: "O que é, meu filho! Quem é que você matou?". Afinal, pude dizer: "Matei um pinto, com o pé".

E contei como o caso se havia passado. Minha mãe riu-se, deu-me um pouco de água de flor e mandou-me sentar a um canto: "Cazuza, senta-te ali, à espera da polícia". E eu fiquei muito sossegado a um canto, estreme- cendo ao menor ruído que vinha da rua, pois esperava de fato a polícia.

Foi esse o único assassinato que cometi. Penso que não é da natureza daqueles que nos erguem às altas posições políticas, porque, até hoje, eu...

D. Margarida, mulher do doutor Ponciano, veio interromper-lhes a conversa, avisando-os que o "ajantarado" estava na mesa.

Revista Sousa Cruz, Rio de Janeiro, fevereiro de 1922.

O NÚMERO DA SEPULTURA

Que podia ela dizer, após três meses de casada, sobre o casamento? Era bom? Era mau?

Não se animava a afirmar nem uma coisa, nem outra. Em essência, "aquilo" lhe parecia resumir-se em uma simples mudança de casa.

A que deixara não tinha mais nem menos cômodos do que a que viera habitar; não tinha mais "largueza"; mas a nova possuía um jardinzinho minúsculo e uma pia na sala de jantar.

Era, no fim de contas, a diminuta diferença que existia entre ambas.

Passando da obediência dos pais, para a do marido, o que ela sentia era o que se sente quando se muda de habitação.

No começo, há nos que se mudam, agitação, atividade; puxa-se pela ideia, a fim de adaptar os móveis à casa nova e, por conseguinte, eles, os seus recentes habitantes também; isso, porém, dura poucos dias.

No fim de um mês, os móveis já estão definitivamente "ancorados", nos seus lugares, e os moradores se esquecem de que residem ali desde poucos dias.

Ademais, para que ela não sentisse profunda modificação no seu viver, advinda com o casamento, havia a quase igualdade de gênios e hábitos de seu pai e seu marido.

Tanto um como outro, eram corteses com ela, brandos no tratar, serenos, sem impropérios, e ambos, também, meticulosos, exatos e metódicos. Não houve, assim, abalo algum, na sua transplantação de um lar para outro.

Contudo, esperava, no casamento alguma coisa de inédito até ali, na sua existência de mulher: uma exuberante e contínua satisfação de viver.

Não sentiu, porém, nada disso.

O que houve de particular na sua mudança de estado, foi insuficiente para lhe dar uma sensação nunca sentida da vida e do mundo. Não percebeu nenhuma novidade essencial...

Os céus cambiantes, com o rosado e dourado de arrebóis, que o casamento promete a todos, moços e moças; não os vira ela. O sentimento de inteira liberdade, com passeios, festas, teatros, visitas e tudo que se contém para as mulheres, na ideia de casamento, durou somente a primeira semana de matrimônio.

Durante ela, ao lado do marido, passeara, visitara, fora a festas, e a teatros, mas assistira a todas essas coisas, sem muito se interessar por elas, sem receber grandes ou profundas emoções de surpresa, e ter sonhos fora do trivial da nossa mesquinha vida terrestre. Cansavam-na até!

No começo, sentia alguma alegria e certo contentamento; por fim, porém, veio o tédio por elas todas, a nostalgia da quietude de sua casa suburbana, onde vivia à *négligé* e podia sonhar, sem desconfiar que os outros lhe pudessem descobrir os devaneios crepusculares de sua pequenina alma de burguesinha, saudosa e enfumaçada.

Não era raro que também ocorresse saudade da casa paterna, provocada por aquelas chinfrinadas de teatros ou cinematográficas. Acudia-lhe, com indefinível sentimento, a lembrança de velhos móveis e outros pertences familiares da sua casa paterna, que a tinham visto desde menina. Era uma velha cadeira de balanço de jacarandá; era uma leiteira de louça, pintada de azul, muito antiga; era o relógio sem pêndula, octogonal, velho também; e outras bugigangas domésticas que, muito mais fortemente que os móveis e utensílios adquiridos recentemente, se haviam gravado na sua memória.

Seu marido era um rapaz de excelentes qualidades matrimoniais, e não havia, no nebuloso estado da alma de Zilda, nenhum desgosto dele ou decepção que ele lhe tivesse causado.

Morigerado, cumpridor exato dos seus deveres, na seção de que era chefe, tinha todas as qualidades médias para ser um bom chefe de família, cumprir o dever de continuar a espécie e ser um bom diretor de secretaria ou repartição outra, de banco ou de escritório comercial.

Em compensação, não possuía nenhuma proeminência de inteligência ou de ação. Era e seria sempre uma boa peça de máquina, bem ajustada, bem polida e que, lubrificada convenientemente, não diminuiria o rendimento daquela, mas que precisava sempre do motor da iniciativa estranha, para se pôr em movimento.

Os pais de Zilda tinham aproximado os dois; a avó, a quem a moça estimava deveras, fizera as insinuações de praxe; e, vendo ela que a coisa era do gosto de todos, por curiosidade mais do que por amor ou outra coisa parecida, resolveu-se a casar com o escriturário de seu pai. Casaram-se, viviam muito bem. Entre ambos, não havia a menor rusga, a menor desinteligência que lhes toldasse a vida matrimonial, mas não existia também, como era de esperar, uma profunda e constante penetração, de um para o outro e vice-versa, de desejos, de sentimentos, de dores e alegrias.

Viviam placidamente numa tranquilidade de lagoa, cercada de altas montanhas, por entre as quais os ventos fortes não conseguiam penetrar, para encrespar-lhe as águas imotas.

A beleza do viver daquele novo casal não era ter conseguido de duas fazer uma única vontade, estava em que os dois continuassem a ser cada um uma personalidade, sem que, entanto, encontrassem nunca motivo de conflito, o mais ligeiro que fosse. Uma vez, porém... Deixemos isso para mais tarde... O gênio e a educação de ambos muito contribuíam para tal.

O marido, exato burocrata, era cordato, de temperamento calmo, ponderado e seco que nem uma crise ministerial. A mulher era quase passiva e tendo sido educada na disciplina ultrarregrada e esmerilhadora de seu pai, velho funcionário, obediente aos chefes, aos ministros, aos secretários destes e mais bajuladores, às leis e regulamentos, não tinha assomos nem caprichos, nem fortes vontades. Refugiava-se no sonho e, desde que não fosse multado, estava por tudo.

Os hábitos do marido eram os mais regulares e executados, sem a mínima discrepância. Erguia-se do leito muito cedo, quase ao alvorecer, antes mesmo da criada, a Genoveva, levantar-se da cama. Pondo-se de pé, ele mesmo coava o café e, logo que estava pronto, tomava uma grande xícara.

Esperando o jornal (só comprava um), ia para o pequeno jardim, varria-o, amarrava as roseiras e craveiros nos espeques, em seguida, dava milho às galinhas e pintos e tratava dos passarinhos.

Chegando o jornal, lia-o meticulosamente, organizando, para uso do dia, as suas opiniões literárias, científicas, artísticas, sociais, e também, sobre a política internacional e as guerras que havia pelo mundo.

Quanto à política interna, construía algumas, mas não as manifestava a ninguém, porque quase sempre eram contra o governo e ele precisava ser promovido.

Às nove e meia, já almoçado e vestido, despedia-se da mulher, com o clássico beijo, e lá ia tomar o trem. Assinava o ponto, de acordo com o regulamento, isto é, nunca depois das dez e meia.

Na repartição, cumpria religiosamente os seus sacratíssimos deveres de funcionário.

Sempre foi assim, mas após o casamento, aumentou de zelo, a fim de pôr a seção do sogro que nem um brinco, em questão de rapidez e presteza no andamento de informações e de papéis.

Andava pelas bancas dos colegas, pelos protocolos, quando o serviço lhe faltava; se, nessa correição, topava com expediente em atraso, não hesitava: punha-se a "desunhar".

Acontecendo-lhe isto, ao sentar-se à mesa para jantar, já em trajes caseiros, apressava-se em dizer à mulher:

– Arre! Trabalhei hoje, Zilda, que nem o diabo!

– Por quê?

– Ora, por quê? Aqueles meus colegas são uma pinoia...

– Que houve?

– Pois o Pantaleão não está com o protocolo dele, o da Marinha, atrasado de uma semana? Tive que o pôr em dia...

O NÚMERO DA SEPULTURA

– Papai foi quem te mandou?

– Não, mas era meu dever, como genro dele, evitar que a seção que ele dirige, fosse tachada de relaxada. Ademais não posso ver expediente atrasado...

– Então, esse Pantaleão falta muito?

– Um horror! Desculpa-se com estar estudando Direito. Eu também estudei, quase sem faltas.

Com semelhantes notícias e outras de mexericos sobre a vida íntima, defeitos morais e vícios dos colegas, que ele relatava à mulher, Zilda ficou enfronhada no viver da diretoria em que funcionava seu marido, tanto no aspecto puramente burocrático, como nos da vida particular e familiar dos respectivos empregados.

Ela sabia que o Calçoene bebia cachaça; que o Zé Fagundes vivia amancebado com uma crioula, tendo filhos com ela, um dos quais com concurso e ia ser em breve colega do marido; que o Feliciano Brites das Novas jogava nos dados todo o dinheiro que conseguia arranjar; que a mulher do Nepomuceno era amante do General T., com auxílio do qual ele preteria todos nas promoções, etc., etc.

O marido não conversava com Zilda senão essas coisas da repartição; não tinha outro assunto para palestrar com a mulher. Com as visitas e raros colegas com quem discutia, a matéria da conversação eram coisas patrióticas: as forças de terra e mar, as nossas riquezas naturais, etc.

Para tais argumentos tinha predileção especial e um especial orgulho em desenvolvê-los com entusiasmo. Tudo o que era brasileiro era primeiro do mundo ou, no mínimo, da América do Sul. E "ai!" de quem o contestasse; levava uma sarabanda que resumia nesta frase clássica:

– É por isso que o Brasil não vai para adiante. O brasileiro é o maior inimigo de sua pátria.

Zilda, pequena burguesa, de reduzida instrução, e como todas as mulheres, de fraca curiosidade intelectual, quando o ouvia discutir assim com os amigos, enchia-se de enfado e sono; entretanto, gostava das suas alcovitices sobre os lares dos colegas...

Assim ela ia repassando a sua vida de casada, que já tinha mais de três meses feitos, na qual, para quebrar-lhe a monotomia e a igualdade, só houvera um acontecimento que a agitara, a torturara, mas, em compensação, espantara por algumas horas o tédio daquele morno e plácido viver. É preciso contá-lo.

Augusto (Augusto Serpa de Castro), tal era o nome de seu marido, tinha um ar mofino e enfezado; alguma coisa de índio nos cabelos muito negros, corredios e brilhantes, e na tez acobreada. Seus olhos eram negros e grandes, com muito pouca luz, mortiços e pobres de expressão, sobretudo de alegria.

A mulher, mais moça do que ele uns cinco ou seis anos, ainda não havia completado os 20. Era de uma grande vivacidade de fisionomia, muito móbil e buliçosa, embora o seu olhar castanho-claro tivesse, em geral, uma forte expressão de melancolia e sonho interior. Miúda de feições, franzina, de boa estatura e formas harmoniosas, tudo nela era a graça do caniço, a sua esbelteza, que não teme os ventos, mas que se curva à força deles com mais elegância ainda, para ciciar os queixumes contra o triste fado de sua fragilidade, esquecendo-se, porém, que é esta que o faz vitorioso.

Após o casamento, vieram residir na Travessa das Saudades, na estação de ***.

É uma pitoresca rua, afastada alguma coisa das linhas da Central, cheia de altos e baixos, dotada de uma caprichosa desigualdade de nível, tanto no sentido longitudinal como no transversal.

Povoada de árvores e bambus, de um lado e outro, correndo quase exatamente de norte para sul, as habitações do lado do nascente, em grande número, somem-se na grota que ela forma, com o seu desnivelamento e mais se ocultam debaixo dos arvoredos em que os cipós se tecem.

Do lado do poente, porém, as casas se alteiam e, por cima das de defronte, olham em primeira mão a aurora, com os seus inexprimíveis cambiantes de cores e matizes.

O NÚMERO DA SEPULTURA

Como no fim do mês anterior, naquele outro, o segundo término de mês depois do seu casamento, o bacharel Augusto, logo que recebeu os vencimentos e conferiu as contas dos fornecedores, entregou o dinheiro necessário à mulher, para pagá-los, e também a importância do aluguel da casa.

Zilda apressou-se em fazê-lo ao carniceiro, ao padeiro e ao vendeiro, mas o procurador do proprietário da casa em que moravam, demorou--se um pouco. Disso, avisou o marido, em certa manhã, quando ele lhe dava uma pequena quantia para as despesas com o quitandeiro e outras miudezas caseiras. Ele deixou o importe do aluguel com ela.

Havia já quatro dias que ele se havia vencido; entretanto, o preposto do proprietário não aparecia.

Na manhã desse quarto dia, ela amanheceu alegre e, ao mesmo tempo apreensiva.

Tinha sonhado; e que sonho!

Sonhou com a avó, a quem amava profundamente e que desejara muito o seu casamento com Augusto. Morrera ela poucos meses antes de realizar-se o seu enlace com ele, mas ambos já eram noivos.

Sonhara a moça com o número da sepultura da avó, 1724; e ouvira a voz dela, da sua vovó, que lhe dizia:

– Filha, joga neste número!

O sonho impressionou-a muito; nada, porém, disse ao marido. Saído que ele foi para a repartição, determinou à criada o que tinha a fazer e procurou afastar da memória tão estranho sonho.

Não havia, entretanto, meios para conseguir isso. A recordação dele estava sempre presente ao seu pensamento, apesar de todos os seus esforços em contrário.

A pressão que lhe fazia no cérebro a lembrança do sonho pedia uma saída, uma válvula de descarga, pois já excedia a sua força de contensão. Tinha que falar, que contar, que comunicá-lo a alguém...

Fez confidência do sucedido à Genoveva. A cozinheira pensou um pouco e disse:

– Nhanhã: eu se fosse a senhora arriscava alguma coisa no "bicho".

– Que "bicho" é?

– Vinte e quatro é cabra, mas não deve jogar só por um lado. Deve cercar por todos e fazer fé na dezena, na centena, até no milhar. Um sonho destes não é por aí coisa à toa.

– Você sabe fazer a lista?

– Não, senhora. Quando jogo é o Seu Manuel do botequim quem faz "ela", mas a vizinha, d. Iracema, sabe bem e pode ajudar a senhora.

– Chame ela e diga que quero lhe falar.

Em breve chegava a vizinha e Zilda contou-lhe o acontecido.

D. Iracema refletiu um pouco e aconselhou:

– Um sonho desses, menina, não se deve desprezar. Eu, se fosse a vizinha, jogava forte.

– Mas, d. Iracema, eu só tenho os oitenta mil réis para pagar a casa. Como há de ser?

A vizinha cautelosamente respondeu:

– Não lhe dou a tal respeito nenhum conselho. Faça o que disser o seu coração, mas um sonho desses...

Zilda que era muito mais moça que Iracema, teve respeito pela sua experiência e sagacidade. Percebeu logo que ela era favorável a que ela jogasse. Isto estava a quarentona da vizinha, a tal d. Iracema, a dizer-lhe pelos olhos.

Refletiu ainda alguns minutos e, por fim, disse de um só hausto:

– Jogo tudo.

E acrescentou:

– Vamos fazer a lista não é, d. Iracema?

– Como é que a senhora quer?

– Não sei bem. A Genoveva é quem sabe.

E gritou, para o interior da casa:

– Ó Genoveva! Genoveva! Venha cá, depressa!

Não tardou que a cozinheira viesse. Logo que a patroa lhe comunicou o embaraço, a humilde preta apressou-se em explicar:

– Eu disse a nhanhã que cercasse por todos os lados o grupo, jogasse na dezena, na centena e no milhar.

Zilda perguntou à d. Iracema:

– A senhora entende dessas coisas?

– Ora! Sei muito bem. Quanto quer jogar?

– Tudo! Oitenta mil réis!

– É muito, minha filha. Por aqui não há quem aceite. Só se for no Engenho de Dentro, na casa do Halavanca, que é forte. Mas quem há de levar o jogo? A senhora tem alguém?

– A Genoveva.

A cozinheira, que ainda estava na sala, de pé, assistindo aos preparativos de tão grande ousadia doméstica, acudiu com pressa:

– Não posso ir, nhanhã. Eles me embrulham e, se a senhora ganhar, a mim eles não pagam. É preciso pessoa de mais respeito.

D. Iracema, por aí, lembrou:

– É possível que o Carlito tenha vindo já de Cascadura, onde foi ver a avó... Vai ver, Genoveva!

A rapariga foi e voltou em companhia do Carlito, filho de d. Iracema. Era um rapagão dos seus 18 anos, espadaúdo e saudável.

A lista foi feita convenientemente; e o rapaz levou-a ao "banqueiro".

Passava de uma hora da tarde, mas ainda faltava muito para as duas. Zilda lembrou-se então do cobrador da casa. Não havia perigo. Se não tinha vindo até ali, não viria mais.

D. Iracema foi para a sua casa; Genoveva foi para a cozinha e Zilda foi repousar daqueles embates morais e alternativas cruciantes, provocados pelo passo arriscado que dera. Deitou-se já arrependida do que fizera.

Se perdesse, como havia de ser? O marido... sua cólera... as repreensões... Era uma tonta, uma doida... Quis cochilar um pouco, mas logo que cerrou os olhos, lá viu o número: 1724. Tomava-se então de esperança e sossegava um pouco da sua ânsia angustiosa.

Passando, assim, da esperança ao desânimo, prelibando a satisfação de ganhar e antevendo os desgostos que sofreria, caso perdesse, Zilda chegou até a hora do resultado, suportando os mais desencontrados estados de espírito e os mais hostis ao seu sossego. Chegando o tempo de saber "o que dera", foi até à janela. De onde em onde, naquela rua esquecida e morta, passava uma pessoa qualquer. Ela tinha desejo de perguntar ao transeunte o "resultado", mas ficava possuída de vergonha e continha-se.

Nesse ínterim, surge o Carlito a gritar:

– D. Zilda! D. Zilda! A senhora ganhou, menos no milhar e na centena.

Não deu um "ai" e ficou desmaiada no sofá da sua modesta sala de visitas.

Voltou em breve a si, graças às esfregações de vinagre de d. Iracema e de Genoveva. Carlito foi buscar o dinheiro que subia a mais de dois contos de réis. Recebeu-o e gratificou generosamente o rapaz, a mãe dele e a sua cozinheira, a Genoveva. Quando Augusto chegou, já estava inteiramente calma. Esperou que ele mudasse de roupa e viesse à sala de jantar, a fim de dizer-lhe:

– Augusto: se eu tivesse jogado o aluguel da casa no "bicho", você ficava zangado?

– Por certo! Ficaria muito e havia de censurar você com muita veemência, pois que uma dona de casa não...

– Pois, joguei.

– Você fez isto, Zilda?

– Fiz.

– Mas quem virou a cabeça de você para fazer semelhante tolice? Você não sabe que ainda estamos pagando despesas do nosso casamento?

– Acabaremos de pagar agora mesmo.

– Como? Você ganhou?

– Ganhei. Está aqui o dinheiro.

Tirou do seio o pacote de notas e deu-o ao marido, que se tornara mudo de surpresa. Contou as pelegas muito bem, levantou-se e disse com muita sinceridade, abraçando e beijando a mulher:

– Você tem muita sorte. É o meu anjo bom. E todo o resto da tarde, naquela casa, tudo foi alegria.

Vieram d. Iracema, o marido, o Carlito, as filhas e outros vizinhos.

O NÚMERO DA SEPULTURA

Houve doces e cervejas. Todos estavam sorridentes, palradores; e o contentamento geral só não desandou em baile, porque os recém-casados não tinham piano. Augusto deitou patriotismo com o marido de Iracema. Entretanto, por causa das dúvidas, no mês seguinte, quem fez os pagamentos domésticos foi ele próprio, Augusto em pessoa.

Revista Sousa Cruz, Rio de Janeiro, maio de 1921.

Manel Capineiro

Quem conhece a Estrada Real de Santa Cruz? Pouca gente do Rio de Janeiro. Nós todos vivemos tão presos à avenida, tão adstritos à Rua do Ouvidor, que pouco ou nada sabemos desse nosso vasto Rio, a não ser as coisas clássicas da Tijuca, da Gávea e do Corcovado.

Um nome tão sincero, tão altissonante, batiza, entretanto, uma pobre azinhaga, aqui mais larga, ali mais estreita, povoada, a espaços, de pobres casas de gente pobre, às vezes, uma chácara mais "assim" ali, mas tendo ela em todo o seu trajeto até Cascadura e mesmo além, um forte aspecto de tristeza, de pobreza e mesmo de miséria. Falta-lhe um debrum de verdura, de árvores, de jardins. O carvoeiro e o lenhador de há muito tiraram os restos de matas que deviam bordá-la e, hoje, é com alegria que se vê, de onde em onde, algumas mangueiras majestosas a quebrar a monotonia, a esterilidade decorativa de imensos capinzais sem limites.

Essa estrada real, estrada de rei, é atualmente uma estrada de pobres; e as velhas casas de fazenda, ao alto das meias-laranjas, não escaparam ao retalho para casas de cômodos.

Eu a vejo todo dia de manhã, ao sair de casa e é minha admiração apreciar a intensidade de sua vida, a prestança do carvoeiro, em servir a minha vasta cidade.

São carvoeiros com as suas carroças pejadas que passam; são os carros de bois cheios de capim que vão vencendo os atoleiros e os "caldeirões"; as tropas e essa espécie de vagabundos rurais que fogem à rua urbana com horror.

Vejo-a no Capão do Bispo, na sua desolação e no seu trabalho, mas vejo também dali os Órgãos azuis, dos quais toda a hora se espera que ergam aos céus um longo e acendrado hino de louvor e de glória.

Como se fosse mesmo uma estrada de lugares afastados, ela tem também seus "pousos". O trajeto dos capineiros, dos carvoeiros, dos tropeiros é longo e pede descanso e boas pingas pelo caminho.

Ali no Capão, há o armazém Duas Américas em que os transeuntes param, conversam e bebem.

Para ali o Tutu, um carvoeiro das bandas de Irajá, mulato quase preto, ativo, que aceita e endossa letras sem saber ler nem escrever. É um espécime do que podemos dar de trabalho, de iniciativa e de vigor. Não há dia em que ele não desça com a sua carroça carregada de carvão e não há dia em que ele não volte com ela, carregada de alfafa, de farelo, de milho, para os seus muares.

Também vem ter ao armazém o senhor Antônio do Açougue, um ilhéu falador, bondoso, cuja maior parte da vida se ocupou em ser carniceiro. Lá se encontra também o Parafuso, um preto domador de cavalos e alveitar estimado. Todos eles discutem, todos eles comentam a crise, quando não tratam estreitamente dos seus negócios.

Passa pelas portas da venda uma singular rapariga. É branca e de boas feições. Notei-lhe o cuidado em ter sempre um vestido por dia, observando ao mesmo tempo que eles eram feitos de velhas roupas. Todas as manhãs, ela vai não sei onde e traz habitualmente na mão direita um *bouquet* feito de miseráveis flores silvestres.

Perguntei ao dono quem era. Uma vagabunda, disse-me ele.

Tutu está sempre ocupado com a moléstia dos seus muares. O Garoto está mancando de uma perna e a Jupira puxa de um dos quartos. O seu Antônio do açougue, assim chamado porque já possuiu um há muito tempo, conta a sua vida, as suas perdas de dinheiro, e o desgosto de não ter mais açougue. Não se conforma absolutamente com esse negócio de vender leite; o seu destino é talhar carne.

Outro que lá vai é o Manel Capineiro. Mora na redondeza e a sua vida se faz no capinzal, em cujo seio vive, a vigiá-lo dia e noite dos ladrões, pois os há, mesmo de feixes de capim. O Capineiro colhe o capim à tarde, enche as carroças; e, pela madrugada, sai com estas a entregá-lo à freguesia. Um companheiro fica na choupana no meio do vasto capinzal a vigiá-lo, e ele vai carreando uma das carroças, tocando com o guião de leve os seus dois bois, Estrela e Moreno.

Manel os ama tenazmente e evita o mais possível feri-los com a farpa que lhes dá a direção requerida.

Manel Capineiro é português e não esconde as saudades que tem do seu Portugal, do seu caldo de unto, das suas festanças aldeãs, das suas lutas a varapau, mas se conforma com a vida atual e mesmo não se queixa das cobras que abundam no capinzal.

– Ai! As cobras!... Ontem dei com uma, mas matei-a!

Está aí um estrangeiro que não implica com os nossos ofídios, o que deve agradar aos nossos compatriotas, que se indignam com essa implicância.

Ele e os bois vivem em verdadeira comunhão. Os bois são negros, de grandes chifres, tendo o Estrela uma mancha branca na testa, que lhe deu o nome.

Nas horas do ócio, Manel vem à venda conversar, mas logo que olha o relógio e vê que é hora da ração, abandona tudo e vai ao encontro daquelas suas duas criaturas, que tão abnegadamente lhe ajudam a viver.

Os seus carrapatos lhe dão cuidado; as suas manqueiras também. Não sei bem a que propósito me disse um dia:

– Senhor fulano, se não fosse eles, eu não saberia como iria viver. Eles são o meu pão.

Imaginem que desastre não foi na sua vida, a perda dos seus dois animais de tiro. Ela se verificou em condições bem lamentáveis. Manel Capineiro saiu de madrugada, como de hábito, com o seu carro de capim. Tomou a estrada pra riba, dobrou a Rua José dos Reis e tratou de atravessar a linha da estrada de ferro, na cancela dessa rua.

Fosse a máquina, fosse um descuido do guarda, uma imprudência de Manel, um comboio, um expresso, implacável como a fatalidade, inflexível, inexorável, veio-lhe em cima do carro e lhe trucidou os bois.

MANEL CAPINEIRO

O capineiro, diante dos despojos sangrentos do Estrela e do Moreno, diante daquela quase ruína de sua vida, chorou como se chorasse um filho uma mãe e exclamou cheio de pesar, de saudade, de desespero:

– Ai mô gado! Antes fora eu!...

Era Nova, Rio de Janeiro, 21 de agosto de 1915.

MILAGRE DO NATAL

O bairro do Andaraí é muito triste e muito úmido. As montanhas que enfeitam a nossa cidade aí tomam maior altura e ainda conservam a densa vegetação, que as devia adornar com mais força em tempos idos. O tom plúmbeo das árvores como que obscurece o horizonte e torna triste o arrabalde.

Nas vertentes dessas mesmas montanhas, quando dão para o mar, este quebra a monotomia do quadro e o sol se espadana mais livremente, obtendo as coisas humanas, minúsculas e mesquinhas, uma garridice e uma alegria que não estão nelas, mas que se percebem nelas. As tacanhas casas de Botafogo se nos afigura assim; as bombásticas vilas de Copacabana, também; mas, no Andaraí, tudo fica esmagado pela alta montanha e sua sombria vegetação.

Era numa rua desse bairro que morava Feliciano Campossolo Nunes, chefe de seção do Tesouro Nacional, ou antes e melhor: subdiretor. A casa era própria e tinha na cimalha este dístico pretensioso: Vila Sebastiana. O gosto da fachada, as proporções da casa não precisam ser descritas: todos conhecem um e as outras. Na frente, havia um jardinzinho que se estendia para a esquerda, oitenta centímetros a um metro, além da fachada. Era o vão que correspondia à varanda lateral, quase a correr todo o prédio. Campossolo era um homem grave, ventrudo, calvo, de mãos polpudas e dedos curtos. Não largava a pasta de marroquim em que trazia para a casa os papéis da repartição com o fito de não lê-los; e também o guarda-chuva de castão de ouro e forro de seda. Pesado e de pernas curtas, era com grande dificuldade que ele vencia os dois degraus dos Minas Gerais

Milagre do Natal

da Light, atrapalhado com semelhantes cangalhas: a pasta e o guarda--chuva de "ouro". Usava chapéu-coco e cavanhaque.

Morava ali com uma mulher mais a filha solteira e única, a Mariazinha.

A mulher, d. Sebastiana, que batizara a vila e com cujo dinheiro a fizeram, era mais alta do que ele e não tinha nenhum relevo de fisionomia senão um artificial, um aposto. Consistia num pequeno *pincenê*[1] de aros de ouro, preso, por detrás da orelha, com trancelim de seda. Não nascera com ele, mas era como se tivesse nascido, pois jamais alguém havia visto d. Sebastiana sem aquele adendo, acavalado no nariz, fosse de dia, fosse de noite. Ela, quando queria olhar alguém ou alguma coisa com jeito e perfeição, erguia bem a cabeça e toda d. Sebastiana tomava um entono de magistrado severo.

Era baiana, como o marido, e a única queixa que tinha do Rio cifrava-se em não haver aqui bons temperos para as moquecas, carurus e outras comidas da Bahia, que ela sabia preparar com perfeição, auxiliada pela preta Inácia, que, com eles, viera do Salvador, quando o marido foi transferido para São Sebastião. Se se oferecia portador, mandava-os buscar e, quando, aqui chegavam e ela preparava uma boa moqueca, esquecia-se de tudo, até que estava muito longe da sua querida cidade de Tomé de Sousa.

Sua filha, a Mariazinha, não era assim e até se esquecera que por lá nascera: cariocara-se inteiramente. Era uma moça de vinte anos, fina de talhe, poucas carnes, mais alta que o pai, entestando com a mãe, bonita e vulgar. O seu traço de beleza eram os seus olhos de topázio com estilhas negras. Nela, não havia nem invento, nem novidade, como as outras.

Eram estes os habitantes da "Vila Sebastiana", além de um molecote que nunca era o mesmo. De dois em dois meses, por isso ou por aquilo, era substituído por outro, mais claro ou mais escuro, conforme a sorte calhava.

Em certos domingos, o Sr. Campossolo convidava alguns dos seus subordinados a irem almoçar ou jantar com eles. Não era um qualquer. Ele os escolhia com acerto e sabedoria. Tinha uma filha solteira e não podia pôr dentro de casa um qualquer, mesmo que fosse empregado de fazenda.

---

1   Óculos sem haste que se prende ao nariz por meio de uma mola. (N.E.)

Aos que mais constantemente convidava, eram os terceiros escriturários Fortunato Guaicuru e Simplício Fontes, os seus braços direitos na seção. Aquele era bacharel em Direito e espécie de seu secretário e consultor em assuntos difíceis; e o último chefe do protocolo da sua seção, cargo de extrema responsabilidade, para que não houvesse extravio de processos e se acoimasse a sua subdiretoria de relaxada e desidiosa. Eram eles dois os seus mais constantes comensais, nos seus bons domingos de efusões familiares. Ademais, ele tinha uma filha a casar e era bom que...

Os senhores devem ter verificado que os pais sempre procuram casar as filhas na classe que pertencem: os negociantes com negociantes ou caixeiros; os militares com outros militares; os médicos com outros médicos e assim por diante. Não é de estranhar, portanto, que o chefe Campossolo quisesse casar sua filha com um funcionário público que fosse da sua repartição e até da sua própria seção.

Guaicuru era de Mato Grosso. Tinha um tipo acentuadamente índio. Malares salientes, face curta, mento largo e duro, bigodes de cerdas de javali, testa fugidia e as pernas um tanto arqueadas. Nomeado para a alfândega de Corumbá, transferira-se para a delegacia fiscal de Goiás. Aí, passou três ou quatro anos, formando-se, na respectiva faculdade de Direito, porque não há cidade do Brasil, capital ou não, em que não haja uma. Obtido o título, passou-se para a Casa da Moeda e, desta repartição, para o Tesouro. Nunca se esquecia de trazer o anel de rubi, à mostra. Era um rapaz forte, de ombros largos e direitos; ao contrário de Simplício que era franzino, peito pouco saliente, pálido, com uns doces e grandes olhos negros e de uma timidez de donzela.

Era carioca e obtivera o seu lugar direitinho, quase sem pistolão e sem nenhuma intromissão de políticos na sua nomeação.

Mais ilustrado, não direi, mas muito mais instruído que Guaicuru, a audácia deste o superava, não no coração de Mariazinha, mas no interesse que tinha a mãe desta no casamento da filha. Na mesa, todas as atenções tinha d. Sebastiana pelo hipotético bacharel:

MILAGRE DO NATAL

– Porque não advoga? – perguntou d. Sebastiana, rindo, com seu quádruplo olhar altaneiro, da filha ao caboclo que, na sua frente e a seu mando, se sentavam juntos.

– Minha senhora, não tenho tempo...

– Como não tem tempo? O Felicianinho consentiria, não é Felicianinho? Campossolo fazia solenemente:

– Como não, sempre me disponho a ajudar no progresso dos colegas.

Simplício, à esquerda de d. Sebastiana, olhava distraído para a fruteira e nada dizia. Guaicuru, que não queria dizer que a verdadeira razão estava em não ser a tal faculdade reconhecida, negaceava:

– Os colegas podiam reclamar.

D. Sebastiana acudia com vivacidade:

– Qual o que! O senhor reclamava, senhor Simplício?

Ao ouvir o seu nome, o pobre rapaz tirava os olhos da fruteira e perguntava com espanto:

– O que, d. Sebastiana?

– O senhor reclamaria se Felicianinho consentisse que o Guaicuru saísse, para ir advogar?

– Não.

E voltava a olhar a fruteira, encontrando-se rapidamente com os olhos de topázio de Mariazinha. Campossolo continuava a comer e d. Sebastiana insistia:

– Eu, se fosse o senhor ia advogar.

– Não posso. Não é só a repartição que me toma o tempo. Trabalho em um livro de grandes proporções.

Todos se espantaram. Mariazinha olhou Guaicuru; d. Sebastiana levantou mais a cabeça com *pincenê* e tudo; Simplício, que agora contemplava esse quadro célebre nas salas burguesas, representando uma ave, dependurada pelas pernas e faz *pendant*[2] com a ceia do Senhor, cravou resolutamente o olhar sobre o colega, e Campossolo perguntou:

– Sobre o que trata?

– Direito administrativo brasileiro.

---

2   Objeto de arte que se destina a figurar simetricamente com outro. (N.E.)

Campossolo observou:

– Deve ser uma obra de peso.

– Espero.

Simplício continuava espantado, quase estúpido a olhar Guaicuru. Percebendo isto, o mato-grossense apressou-se:

– Você vai ver o plano. Quer ouvi-lo?

Todos, menos Mariazinha, responderam, quase a um tempo só:

– Quero.

O bacharel de Goiás endireitou o busto curto na cadeira e começou:

– Vou entroncar o nosso Direito administrativo no antigo Direito administrativo português. Há muita gente que pensa que no antigo regime não havia um Direito administrativo. Havia. Vou estudar o mecanismo do Estado nessa época, no que toca a Portugal. Vou ver as funções dos ministros e dos seus subordinados, por intermédio de letra-morta dos alvarás, portarias, cartas régias e mostrarei então como a engrenagem do Estado funcionava; depois, verei como esse curioso Direito público se transformou, ao influxo de concepções liberais e como ele, transportado para aqui com d. João VI, se adaptou ao nosso meio, modificando-se aqui ainda, sob o influxo das ideias da Revolução.

Simplício, ouvindo-o falar assim, dizia com os seus botões: "Quem teria ensinado isto a ele?".

Guaicuru, porém, continuava:

– Não será uma seca enumeração de datas e de transcrição de alvarás, portarias, etc. Será uma coisa inédita. Será coisa viva.

Por aí, parou e Campossolo com toda a gravidade, disse:

– Vai ser uma obra de peso.

– Já tenho editor!

– Quem é? – perguntou o Simplício.

– É o Jacinto. Você sabe que vou lá todo o dia, procurar livros a respeito.

– Sei; é a livraria dos advogados – disse Simplício sem querer sorrir.

– Quando pretende publicar a sua obra, doutor? – perguntou d. Sebastiana.

– Queria publicar antes do Natal, porque as promoções serão feitas antes do Natal, mas...

Milagre do Natal

– Então há mesmo promoções antes do Natal, Felicianinho?

O marido respondeu:

– Creio que sim. O gabinete já pediu as propostas e eu já dei as minhas ao diretor.

– Devias ter-me dito – ralhou-lhe a mulher.

– Essas coisas não se dizem às nossas mulheres, são segredos de Estado – sentenciou Campossolo.

O jantar foi acabando triste, com essa história de promoções para o Natal.

D. Sebastiana quis ainda animar a conversa, dirigindo-se ao marido:

– Não queria que me dissesses os nomes, mas pode acontecer que seja o promovido o doutor Fortunato ou... o seu Simplício, e eu estaria prevenida para a uma festinha.

Foi pior. A tristeza tornou-se mais densa e quase calados tomaram café.

Levantaram-se todos com o semblante anuviado, exceto a boa Mariazinha, que procurava dar corda à conversa. Na sala de visitas, Simplício ainda pôde olhar mais duas vezes furtivamente os olhos topazinos de Mariazinha, que tinha um sossegado sorriso a banhar-lhe a face toda e se foi. O colega Fortunato ficou, mas tudo estava tão morno e triste que, em breve, se foi também Guaicuru.

No bonde, Simplício pensava unicamente em duas coisas: no Natal próximo e no "Direito" de Guaicuru. Quando pensava nesta, perguntava de si para si: "Quem lhe ensinou aquilo tudo? Guaicuru é absolutamente ignorante". Quando pensava naquilo, implorava: "Ah! se Nosso Senhor Jesus Cristo quisesse..."

Vieram afinal as promoções. Simplício foi promovido porque era muito mais antigo na classe que Guaicuru. O ministro não atendera a pistolões nem a títulos de Goiás.

Ninguém foi preterido, mas Guaicuru que tinha em gestação a obra de um outro, ficou furioso sem nada dizer.

D. Sebastiana deu uma consoada à moda do Norte. Na hora da ceia, Guaicuru, como de hábito, ia sentar-se ao lado de Mariazinha, quando d. Sebastiana, com *pincenê* e cabeça, tudo muito bem erguido, chamou-o:

– Sente-se aqui a meu lado, doutor, aí vai sentar-se o Seu Simplício.

Casaram-se dentro de um ano e, até hoje, depois de um lustro de casados ainda teimam.

Ele diz:

– Foi Nosso Senhor Jesus Cristo que nos casou.

Ela obtempera:

– Foi a promoção.

Fosse uma coisa ou outra, ou ambas, o certo é que se casaram. É um fato. A obra de Guaicuru, porém, é que até hoje não saiu...

Careta, Rio de Janeiro, 24 de dezembro de 1921.

A SOMBRA DO ROMARIZ

Dizer que não trabalho mais à noite, no jornal, não é bem verdade. Licenciei-me por alguns meses, para lá não ir à noite. Quando há desses turumbambas políticos, na cidade, fujo do trabalho noturno. E faço semelhante coisa principalmente quando vejo certos nomes metidos neles.

Quem expunha isto era o tipógrafo Brandão a seu colega Barbalho, que tinha observado àquele a sua ausência das oficinas do *Diário Carioca*, naqueles últimos dias.

Brandão continuou:

– Quando vejo tais nomes fico cheio de pavor, meu ânimo se estiola, não tenho coragem para nada, toda a minha personalidade é atingida de seca. Há dias, a mulher me pediu que fosse reconhecer a firma de um papel necessário a ela, a fim de receber uma pensão. Fui para a oficina, de manhã, hesitei, tive medo, afinal dei uma gorjeta a um aprendiz, para ir ao tabelião.

– Então, sempre estás trabalhando de dia?

– Que fazer? Preciso de algum dinheiro para as despesas inadiáveis, mas à noite, nunca.

– Por que isto?

– É a sombra do Romariz.

– Quem é ou quem foi esse Romariz?

– Eu te conto. Em 1890, acabava-se de proclamar a República. Isto há trinta anos. Eu tinha 20 e poucos. De dia, trabalhava na Casa Mont'Alverne; e, à noite, fazia uns bicos na *Tribuna Liberal*. Um jornal apaixonadamente monarquista que atacava o governo provisório sem peso nem medida.

A bem dizer, não o lia ou mal o lia, porque, quando deixava a oficina da *Tribuna*, para pegar o último bonde de Vila Isabel, onde morava, ele ainda não estava impresso.

A campanha da *Tribuna* era superiormente feita e levada com rijeza, no dizer de todos. Começou-se a falar que iam empastelar a folha. O governo desmentiu, assinalando que era seu ponto de honra manter a liberdade de pensamento e de imprensa.

Continuei a trabalhar com mais coragem e sossego. Vi senão quando, aí pelas oito ou nove horas, entrou pela oficina adentro o aprendiz assustado e avisando cheio de terror: "Fujam! fujam! Lá vêm eles!". Perguntado o que havia, contou que descia pela Rua do Ouvidor um magote de gente, fardados e outros à paisana, a gritar: "Morram os sebastianistas! Morra a *Tribuna Liberal*! Viva o Marechal Deodoro!", etc., etc.

À vista da narração do pequeno, todos trataram de fugir. Em nenhuma seção do jornal ficou vivalma. Redatores, revisores, compositores, impressores, todos fugiram. Só ficou no edifício o Romariz, um pobre revisor que dormia profundamente, descansando a cabeça sobre os braços cruzados e estes sobre a mesa de trabalho.

Por mais que o sacudissem e o chamassem, não foi possível despertá-lo. O tempo urgia e o infeliz revisor lá ficou abandonado. Ele vivia tresnoitado; trabalhava dia e noite para manter a mãe e os irmãos. Tinha um pequeno emprego na estrada de ferro, que mal lhe dava para pagar a casa em subúrbio longínquo; lançara mão do ofício de revisor de provas, para acrescentar sua renda. Saía tarde do jornal; havia poucas caminhonetes naquele tempo; e, muitas vezes, só ia em casa para mudar o colarinho, comer um pouco e voltar à cidade, a fim de assinar o ponto na Central.

Como te disse, foi ele o único que ficou, devido a seu profundo sono, perfeitamente explicável como tu já viste. Os assaltantes foram entrando, quebrando balcões, máquinas, derramando as caixas de tipos no chão, enquanto outros subiam ao primeiro andar cheios de raiva que, neles, nada explicava. Topando com o Romariz dormindo, nem se deram ao trabalho de despertá-lo. Foram-no desancando de

A SOMBRA DO ROMARIZ

cacete e de coices de armas na cabeça e ele mesmo sem saber por quê. Vi-lhe o cadáver, estava hediondo; vi-lhe a família, que ficava na maior miséria: vi...

– E daí?

– Daí é que quando há desses turumbambas políticos, vejo a sombra do Romariz que me diz: "Não vás trabalhar, à noite".

– És espírita?

– Não, mas há muito mistério nesta nossa triste vida terrena.

Careta, Rio de Janeiro, 14 de janeiro de 1922.

QUASE ELA DEU O "SIM"; MAS...

João Cazu era um moço suburbano, forte e saudável, mas pouco ativo e amigo do trabalho.

Vivia em casa dos tios, numa estação de subúrbios, onde tinha moradia, comida, roupa, calçado e algum dinheiro que a sua bondosa tia e madrinha lhe dava para os cigarros.

Ele, porém, não os comprava; filava-os dos outros. "Refundia" os níqueis que lhe dava a tia, para flores a dar às namoradas e comprar bilhetes de tômbolas, nos vários mafuás, mais ou menos eclesiásticos, que há por aquelas redondezas.

O conhecimento do seu hábito de filar cigarros aos camaradas e amigos estava tão espalhado que, mal um deles o via, logo tirava da algibeira um cigarro e, antes de saudá-lo, dizia:

– Toma lá o cigarro, Cazu.

Vivia assim muito bem, sem ambições nem tenções. A maior parte do dia, especialmente da tarde, empregava ele, com outros companheiros, em dar loucos pontapés numa bola, tendo por arena um terreno baldio das vizinhanças da residência dele, ou melhor: dos seus tios e padrinhos.

Contudo, ainda não estava satisfeito. Restava-lhe a grave preocupação de encontrar quem lhe lavasse e engomasse a roupa, remendasse as calças e outras peças do vestuário, cerzisse as meias, etc., etc.

Em resumo: ele queria uma mulher, uma esposa, adaptável ao seu jeito descansado.

Tinha visto falar em sujeitos que se casam com moças ricas e não precisam trabalhar; em outros que esposam professoras e adquirem a

QUASE ELA DEU O "SIM"; MAS...

meritória profissão de "maridos da professora"; ele, porém, não aspirava a tanto.

Apesar disso, não desanimou de descobrir uma mulher que lhe servisse convenientemente.

Continuou a jogar displicentemente, o seu *futebol* vagabundo e a viver cheio de segurança e abundância com os seus tios e padrinhos.

Certo dia, passando pela porteira da casa de uma sua vizinha mais ou menos conhecida, ela lhe pediu:

– Seu Cazu, o senhor vai até à estação?

– Vou, d. Ermelinda.

– Podia me fazer um favor?

– Pois não.

– É ver se o Seu Gustavo da padaria Rosa de Ouro, me pode ceder duas estampilhas de seiscentos réis. Tenho que fazer um requerimento ao Tesouro, sobre coisas do meu montepio, com urgência, preciso muito.

– Não há dúvida, minha senhora.

Cazu, dizendo isto, pensava de si para si: "É um bom partido. Tem montepio, é viúva; o diabo são os filhos!". D Ermelinda, à vista da resposta dele, disse:

– Está aqui o dinheiro.

Conquanto dissesse várias vezes que não precisava daquilo (o dinheiro) o impenitente jogador de *futebol* e feliz hóspede dos tios, foi embolsando os nicolaus, por causa das dúvidas.

Fez o que tinha a fazer na estação, adquiriu as estampilhas e voltou para entregá-las à viúva.

De fato, d. Ermelinda era viúva de um contínuo, ou coisa parecida, de uma repartição pública. Viúva e com pouco mais de 30 anos, nada se falava da sua reputação.

Tinha uma filha e um filho que educava com grande desvelo e muito sacrifício.

Era proprietária do pequeno chalé onde morava, em cujo quintal havia laranjeiras e algumas outras árvores frutíferas.

Fora o seu falecido marido que o adquirira com o produto de uma sorte na loteria e, se ela, com a morte do esposo, o salvara das garras de escrivães, escreventes, meirinhos, solicitadores e advogados mambembes, devia-o à precaução do marido que comprara a casa, em nome dela.

Assim mesmo, tinha sido preciso a intervenção do seu compadre, o capitão Hermenegildo, a fim de remover os obstáculos que certos "águias" começavam a pôr, para impedir que ela entrasse em plena posse do imóvel e abocanhar-lhe afinal o seu chalezinho humilde.

De volta, Cazu bateu à porta da viúva que trabalhava no interior, com cujo rendimento ela conseguia aumentar de muito o módico, senão irrisório montepio, de modo a conseguir fazer face às despesas mensais com ela e os filhos.

Percebendo a pobre viúva que era o Cazu, sem se levantar da máquina, gritou:

– Entre, Seu Cazu.

Estava só, os filhos ainda não tinham vindo do colégio. Cazu entrou.

Após entregar as estampilhas, quis o rapaz retirar-se, mas foi obstado por Ermelinda nestes termos:

– Espere um pouco, Seu Cazu. Vamos tomar café.

Ele aceitou e, embora, ambos se serviram da infusão da "preciosa rubiácea", como se diz no estilo "valorização".

A viúva, tomando café, acompanhado com pão e manteiga, pôs-se a olhar o companheiro com certo interesse. Ele notou e fez-se amável e galante, demorando em esvaziar a xícara. A viuvinha sorria interiormente de contentamento. Cazu pensou com os seus botões: "Está aí um bom partido: casa própria, montepio, renda das costuras; e além de tudo, há de lavar-me e consertar a roupa. Se calhou, fico livre das censuras da tia...

Essa vaga tenção ganhou mais corpo, quando a viúva, olhando-lhe a camisa, perguntou:

– Seu Cazu, se eu lhe disser uma coisa, o senhor fica zangado?

– Ora, qual, d. Ermelinda?

– Bem. A sua camisa está rasgada no peito. O senhor traz ela amanhã, que eu conserto ela.

QUASE ELA DEU O "SIM"; MAS...

Cazu respondeu que era preciso lavá-la primeiro, mas a viúva prontificou-se em fazer isso também. O *player* dos pontapés, fingindo relutância no começo, aceitou afinal; e doido por isso estava ele, pois era uma entrada, para obter uma lavadeira em condições favoráveis.

Dito e feito: daí em diante, com jeito e manha, ele conseguiu que a viúva se fizesse a sua lavadeira bem em conta.

Cazu, após tal conquista, redobrou de atividade no *futebol*, abandonou os biscates e não dava um passo para obter emprego. Que é que ele queria mais? Tinha tudo...

Na redondeza, passavam como noivos, mas não eram, nem mesmo namorados declarados.

Havia entre ambos, unicamente um "namoro de caboclo", com o que Cazu ganhou uma lavadeira, sem nenhuma exigência monetária e cultivava-o carinhosamente.

Um belo dia, após ano e pouco de tal namoro, houve um casamento na casa dos tios do diligente jogador de *futebol*. Ele, à vista da cerimônia e da festa, pensou: "Porque também eu não me caso? Porque eu não peço Ermelinda em casamento? Ela aceita, por certo; e eu...".

Matutou domingo, pois o casamento tinha sido no sábado; refletiu segunda e, na terça, cheio de coragem, chegou-se à Ermelinda e pediu-a em casamento.

– É grave isto, Cazu. Olhe que sou viúva e com dois filhos!

– Tratava eles bem; eu juro!

– Está bem. Sexta-feira, você vem cedo, para almoçar comigo e eu dou a resposta.

Assim foi feito. Cazu chegou cedo e os dois estiveram a conversar; ela, com toda a naturalidade, e ele, cheio de ansiedade e apreensivo.

Num dado momento, Ermelinda foi até à gaveta de um móvel e tirou de lá um papel.

– Cazu – disse ela, tendo o papel na mão – você vai à venda e à quitanda e compra o que está aqui nesta "nota". É para o almoço.

Cazu agarrou trêmulo o papelucho e pôs-se a ler o seguinte:

1 quilo de feijão..	600 rs
1/2 de farinha..	200 rs
1/2 de bacalhau...	1$200 rs
1/2 de batatas...	360 rs
Cebolas..	200 rs
Alhos..	100 rs
Azeite...	300 rs
Sal..	100 rs
Vinagre..	200 rs
	3$260 rs
Quitanda:	
Carvão...	200 rs
Couve..	200 rs
Salsa...	100rs
Cebolinha..	100 rs
Tudo...	3$860 rs

Acabada a leitura, Cazu não se levantou logo da cadeira e, com a lista na mão, a olhar de um lado a outro, parecia atordoado, estuporado.

– Anda Cazu, fez a viúva. Assim, demorando, o almoço fica tarde...

– É que...

– Que há?

– Não tenho dinheiro.

– Mas você não quer casar comigo? É mostrar atividade meu filho! Dê os seus passos... Vá! Um chefe de família não se atrapalha... É agir!

João Cazu, tendo a lista de gêneros na mão, ergueu-se da cadeira, saiu e não mais voltou...

Careta, Rio de Janeiro, 29 de janeiro de 1921.

FOI BUSCAR LÁ...

A sua aparição nos lugares do Rio onde se faz reputação, boa ou má, foi súbita.

Veio do Norte, logo com a carta de bacharel, com solene pasta de couro da Rússia, fecho e monograma de prata, chapéu-de-sol e bengala de castão de ouro, enfim, com todos os apetrechos de um grande advogado e de um sábio jurisconsulto. Não se podia dizer que fosse mulato, mas também não se podia dizer que fosse branco. Era indeciso. O que havia nele de notável era o seu olhar vulpino, que pedia escuridão para brilhar com força, mas que, à luz, era esquivo e de mirada erradia.

Aparecia sempre em roda de advogados, mais ou menos célebres, cheio de *altivez,* tomando refrescos, chopes, mas pouco se demorando nos botequins e confeitarias. Parecia escolher com grande escrúpulo as suas relações. Nunca se o viu com qualquer tipo aboêmiado ou malvestido. Todos os seus companheiros eram sempre gente limpa e de vestuário tratado. Além do convívio das notabilidades do *bureau* carioca, o doutor Felismino Praxedes Itapiru da Silva apreciava também a companhia de repórteres e redatores de jornais, mas desses sérios, que não se metem em farras, nem em pândegas baratas.

Aos poucos, começou a surgir seu nome, subscrevendo artigos nos jornais diários; até no *Jornal do Comércio* foi publicado um, com quatro colunas, tratando das "Indenizações por prejuízos resultantes de acidentes na navegação aérea".

As citações de textos de leis, de praxistas, de comentadores de toda a espécie, eram múltiplas, ocupavam, em suma, dois terços do artigo, mas o artigo era assinado por ele: doutor Felismino Praxedes Itapiru da Silva.

Quando passava solene, dançando a cabeça como cavalo de *copê* de casamento rico, sobraçando a rica pasta rabulesca, atirando a bengala para adiante, muito para adiante, sem olhar para os lados, havia quem o invejasse, na Rua do Ouvidor ou na avenida, e dissesse:

– Este Praxedes é uma águia! Chegou noutro dia do Norte e já está ganhando rios de dinheiro na advocacia! Esses nortistas...

Não havia nenhuma verdade nisso. Apesar de ter carta de bacharel pela Bahia ou por Pernambuco; apesar do ouro da bengala e da prata da pasta; apesar de ter escritório na Rua do Rosário, a sua advocacia ainda era muito mambembe. Pouco fazia e todo aquele espetáculo de fraques, hotéis caros, táxis, coquetéis, etc., era custeado por algum dinheiro que trouxera do Norte e pelo que obtivera aqui, por certos meios de que ele tinha o segredo. Semeava, para colher mais tarde.

Chegara com o firme propósito de conquistar o Rio de Janeiro, fosse como fosse. Praxedes era teimoso e tinha até a cabeça quadrada e a testa curta dos teimosos, mas não havia na sua fisionomia mobilidade, variedade de expressões, uma certa irradiação, enfim, tudo o que denuncia inteligência.

Muito pouco se sabia dos seus antecedentes. Vagamente se dizia que Praxedes fora sargento de um regimento policial de um Estado do Norte; e cursara como sargento a faculdade de Direito respectiva, formando-se afinal. Acabado o curso, deu um desfalque na caixa do batalhão com a cumplicidade de alguns oficiais, entre os quais, alguns eram esteios do situacionismo local. Por único castigo, tivera baixa do serviço, enquanto os oficiais lá continuaram. Escusado é dizer que os "dinheirosa" com que se lançava no Rio, vinham em grande parte das "economias lícitas do batalhão tal da força policial do Estado".

Eloquente a seu modo, com voz cantante, embora um tanto nasalada, senhor de imagens suas e, sobretudo, de alheias, tendo armazenado uma

Foi buscar lá...

porção de pensamentos e opiniões de sábios e filósofos de todas as classes, Praxedes conseguia mascarar a miséria de sua inteligência e a sua falta de verdadeira cultura, conversando como se discursasse, encadeando aforismas e foguetões de retórica.

Só o fazia, porém, entre os colegas e repórteres bem comportados. Nada de boêmios, poetas e notívagos na sua roda!

Advogava unicamente no cível e no comercial. Isto de crime, dizia ele com asco, só para rábulas.

Pronunciava "rábulas" quase cuspindo, porque devem ter reparado que os mais vaidosos com os títulos escolares são os burros e os de baixa extração que os possuem.

Para estes, ter um pergaminho, como eles pretensiosamente chamam o diploma, é ficar acima e diferente dos que o não têm, ganhar uma natureza especial e superior aos demais, transformar-se até de alma.

Quando fui empregado da Secretaria da Guerra, havia numa repartição militar, que me ficava perto, um sargento amanuense com um defeito numa vista, que não cessava de aborrecer-me com as suas sabenças e literatices. Formou-se numa faculdade de Direito por aí e, sem que nem porque, deixou de me cumprimentar.

São sempre assim...

Praxedes Itapiru da Silva, ex-praça de uma polícia provinciana, tinha em grande conta, como coisa inacessível, aquele banalíssimo trambolho de uma vulgar carta de bacharel; e, por isso, dava-se à importância de sumidade em qualquer departamento do pensamento humano e desprezava soberbamente os rábulas e, em geral, os não formados.

Mas, contava eu, o impávido bacharel nortista tinha um grande desdém pela advocacia criminal; à vista disso, certo dia, todos os seus íntimos se surpreenderam quando ele lhes comunicou que ia defender um dado criminoso, no júri.

Era um réu de crime hediondo, cujo crime deve estar ainda na lembrança de todos. Lá, pelas bandas de Inhaúma, num lugar chamado Timbó, vivia num sítio isolado, quase só, um velho professor jubilado da Escola Militar, muito conhecido pelo seu gênio estranhamente concentrado e sombrio. Não se lhe conheciam parentes; e isto, há mais de quarenta anos. Jubilara-se e metera-se naquele ermo recanto do nosso município, deixando mesmo de frequentar o seu divertimento predileto, por deficiência de condução. Consistia este no café-concerto, onde houvesse anafadas mulheres estrangeiras e saracoteios de raparigas no palco. Era um esquisitão, o doutor Campos Bandeira, como se chamava ele. Vestia-se como ninguém se vestiu e se vestirá: calças brancas, em geral; colete e sobrecasaca curta, ambos de alpaca; chapéu mole, partido ao centro; botins inteiriços de pelica; e sempre com chapéu de chuva de cabo de volta. Era amulatado, com traços indígenas e tinha um lábio inferior muito fora do plano do superior. Pintava e, por sinal, muito mal, os cabelos e a barba; e um pequeno *pincenê*, sem aros e de vidros azulados, acabava-lhe a fisionomia original.

Todos o sabiam homem de preparo e de espírito; tudo estudava e tudo conhecia. Dele contavam-se muitas anedotas saborosas. Sem amigos, sem parentes, sem família, sem amantes, era, como examinador, de uma severidade inexorável. Não cedia a empenhos de espécie alguma, viessem donde viessem. Era o terror dos estudantes. Não havia quem pudesse explicar o estranho modo de vida que levava, não havia quem atinasse com a causa oculta que o determinava. Que desgosto, que mágoa o fizera assim? Ninguém sabia.

Econômico, lecionando, e muito particularmente, devia possuir um pecúlio razoável. Os rapazes calculavam em cento e tantos contos.

Se era tido como estranho, ratão original, mais estranho, mais ratão, mais original pareceu ele a todos, quando se foi estabelecer, depois de jubilado, naquele cafundó do Rio de Janeiro:

– Que maluco! – Diziam.

Mas o doutor Campos Bandeira (ele não o era, mas assim o tratavam), por não os ter, não ouviu amigos e meteu-se no Timbó. Hoje, há lá uma magnífica estrada de rodagem, que a prefeitura em dias de lucidez construiu, mas, naquele tempo, era um atoleiro. A maioria dos cariocas não conhece essa obra útil da nossa municipalidade; pois olhem: se fosse em São Paulo, já os jornais e revistas daqui teriam publicado fotografias, com

Foi buscar lá...

artigos estirados, falando da energia paulista, dos bandeirantes, de José Bonifácio e da valorização do café.

O doutor Campos Bandeira, apesar da péssima estrada que lá havia, por aquela época, e vinha trazê-lo ao ponto dos bondes de Inhaúma, lá se estabeleceu, entregando-se de corpo e alma aos seus trabalhos de química agrícola.

Tinha quatro trabalhadores para a roça e tratamento de animais; e, para o interior de casa, só tinha um serviçal. Era um pobre diabo de bagaço humano, espremido pelo desânimo e pelo álcool, que acudia, nas vendas dos arredores, pelo apelido de Casaca, por andar sempre com um fraque rabudo.

O velho professor o tinha em casa mais por consideração do que por qualquer outro motivo. Quase não fazia nada. Bastava-lhe possuir alguns níqueis, para que não voltasse a casa a fim de procurar serviço. Deixava-se ficar pelas bodegas. Pela manhã, mal varria a casa, fazia o café e moscava-se. Só quando a fome apertava aparecia.

Campos Bandeira, que fora tido, durante quarenta anos, por frio, indiferente, indolor, egoísta e até mau, tinha, entretanto, por aquele náufrago da vida, ternuras de mãe e perdões de pai.

Uma manhã, Casaca despertou e, não vendo o seu amo de pé, foi até os seus aposentos receber ordens. Topou-o na sala principal, amarrado e amordaçado. As gavetas estavam revolvidas, embora os móveis estivessem nos seus lugares. "Casaca" chamou por socorro; vieram os vizinhos e desembaraçando o professor da mordaça, verificaram que ele ainda não estava morto. Fricções e todo o remédio que lhes veio à mente empregaram, até tapas e socos. O doutor Campos Bandeira salvou-se, mas estava louco e quase sem fala, tal a impressão de terror que recebeu. A polícia pesquisou e verificou que houvera roubo de dinheiro, e grosso, graças a um caderno de notas do velho professor. Todos os indícios eram contra o Casaca. O pobre diabo negou. Bebera, naquela tarde, até os botequins fecharem-se, por toda a parte, nas proximidades. Recolhera-se completamente embriagado e não se lembrava se tinha fechado a porta da cozinha, que amanhecera aberta. Dormira e, daí em diante, não se lembrava de ter ouvido ou visto qualquer coisa.

Mas... tamancos do pobre diabo foram encontrados no local do crime; a corda, com que atacaram a vítima, era dele; a camisa, com que fizeram a mordaça, era dele. Ainda mais, ele dissera a Seu Antônio "do botequim" que, em breve, havia de ficar rico, para beber na casa dele, Antônio, uma pipa de cachaça, já que ele recusava fiar-lhe um cálice. Foi pronunciado e compareceu a júri. Durante o tempo do processo, o doutor Campos Bandeira ia melhorando. Recuperou a fala e, ao fim de um ano, estava são. Tudo isso se passou no silêncio tumular do manicômio.

Chegou o dia do Júri. Casaca era o réu que o advogado Praxedes ia defender, quebrando o seu juramento de não advogar no crime. A sala encheu-se para ouvi-lo.

O pobre Casaca, sem pai, sem mãe, sem amigos, sem irmãos, sem cachaça, olhava tudo aquilo com o olhar estúpido de animal doméstico num salão de pinturas. De quando em quando, chorava. O promotor falou.

O doutor Felismino Praxedes Itapiru da Silva ia começar a sua estupenda defesa, quando um dos circunstantes, dirigindo-se ao presidente do tribunal, disse com voz firme:

– Senhor juiz, quem me quis matar e me roubou, não foi este pobre homem que ai está, no banco dos réus; foi o seu eloquente e elegante advogado.

Houve sussurro; o juiz admoestou a assistência, o popular continuou:

– Eu sou o professor Campos Bandeira. Esse tal advogado, logo que chegou do Norte, procurou-me, dizendo-se meu sobrinho, filho de uma irmã, a quem não vejo desde quarenta anos. Pediu-me proteção e eu lhe pedi provas. Nunca mas deu, senão alusões a coisas domésticas, cuja veracidade não posso verificar. Vão já tantos anos que me separei dos meus... Sempre que ia receber a minha jubilação, ele me escorava nas proximidades do quartel-general e me pedia dinheiro. Certa vez, dei-lhe quinhentos mil-réis. Na noite do crime, à noitinha, apareceu-me, em casa, disfarçado em trajes de trabalhador, ameaçou-me com um punhal, amarrou-me, amordaçou-me. Queria que eu fizesse testamento em favor dele. Não o fiz, mas escapou de matar-me. O resto é sabido. O Casaca é inocente.

O final não se fez esperar e, por pouco, o Casaca toma a si a causa do seu ex-patrono.

Quando este saía, entre dois agentes, em direitura à chefia de polícia, um velho meirinho disse bem alto:

– E dizer-se que este moço era um poço de virtudes!

América Brasileira, Rio de Janeiro, maio de 1922.

O JORNALISTA
(A RANULFO PRATA)

A cidade de Sant'Ana dos pescadores fora, em tempos idos, uma cidadezinha próspera. Situada entre o mar e a montanha que escondia vastas vargens férteis, e muito próxima do Rio, os fazendeiros das planuras transmontanas preferiam enviar os produtos de suas lavouras, através de uma garganta, transformada em estrada, para, por mar, trazê-los ao grande empório da corte. O contrário faziam com as compras que aí empreendiam. Dessa forma, erguida à condição de uma espécie de entreposto de uma zona até bem pouco fértil e rica, ela cresceu e tomou ares galhardos de cidade de importância. As suas festas de igreja eram grandiosas e atraíam fazendeiros e suas famílias, alguns tendo mesmo casas de recreio apalaçadas nela. O seu comércio era, por isso, rico com o dinheiro que os tropeiros lhe deixavam. Veio, porém, a estrada de ferro e a sua decadência foi rápida. O transporte das mercadorias de serra-acima se desviou dela, e os seus sobrados deram em descascar, como velhas árvores que vão morrer. Os mercadores ricos a abandonaram e os galpões de tropa desabaram. Entretanto, o sítio era aprazível, com as suas curtas praias alvas, que foram separadas por desabamentos de grandes moles de granito, da montanha verdejante do fundo do vilarejo, formando aglomerações de grossos pedregulhos.

A gente pobre, após a sua morte, deu em viver de pescarias, pois o mar aí era rumoroso e abundante de pescado de bom quilate.

Tripulando grandes canoas de voga, os seus pescadores traziam o produto de sua humilde indústria, vencendo mil dificuldades até Sepetiba e, daí, à Santa Cruz, onde ele era embarcado em trem de ferro até o Rio de Janeiro.

O JORNALISTA

Os ricos de lá, além dos fabricantes de cal de marisco, eram os taverneiros que, nessas vendas, como se sabe, vendem tudo, mesmo casimiras e arreios, e são os banqueiros. Lavradores não havia e até frutas iam do Rio de Janeiro.

As pessoas importantes eram o juiz de Direito, o promotor, o escrivão, os professores públicos, o presidente da Câmara e o respectivo secretário. Este, porém, o Salomão Nabor de Azevedo, descendente dos antigos Nabores de Azevedo de serra-acima e dos Breves, ricos fazendeiros, era o mais. Era o mais porque, além disto, se fizera o jornalista popular do lugar.

A ideia não fora dele, a de fundar *O Arauto,* órgão dos interesses da cidade de Sant'Ana dos Pescadores; fora do promotor. Este veio a perder o jornal, de um modo curioso. O doutor Fagundes, o tal de promotor, começou a fazer oposição ao doutor Castro, advogado no lugar e, no tempo, presidente da Câmara. Nabor não via com bons olhos aquele e, certo dia, foi ao jornal e retirou o artigo do promotor e escreveu um descabelado de elogios ao doutor Castro, porque ele tinha suas luzes, como veremos. Resultado: Nabor, o nobre Nabor, foi nomeado secretário da Câmara e o promotor perdeu a importância de melhor jornalista local, que coube, daí por diante e para sempre, a Nabor. Como já disse, este Nabor recebera luzes num colégio de padres de Vassouras ou Valença, quando os pais eram ricos. O seu saber não era lá grande; não passava de gramaticazinha portuguesa, das quatro operações e umas citações históricas que aprendera com Fagundes Varela, quando este foi hóspede de seus pais, em cuja fazenda chegara, certa vez, de tarde, numa formidável carraspana e em trajes de tropeiro, calçado de tamancos.

O poeta gostara dele e lhe dera algumas noções de letras. Lera o Macedo e os poetas do tempo, daí o seu pendor para coisas de Letras e de Jornalismo.

Herdou alguma coisa do pai, vendera a fazenda e viera morar em Sant'Ana, onde tinha uma casa, também pela mesma herança. Casou aí com uma moça de alguma pecúnia e vivia a fazer política e a ler os jornais da corte, que assinava. Deixou os romances e apaixonou-se por José do

Patrocínio, Ferreira de Meneses, Joaquim Serra e outros jornalistas dos tempos calorosos da abolição. Era abolicionista, porque... os seus escravos, ele os tinha vendido com a fazenda que herdara; e os poucos que tinha em casa, dizia que não os libertava, por serem da mulher.

O seu abolicionismo, com a Lei de 13 de maio, veio dar, naturalmente, algum prejuízo à esposa...

Enfim, após a República e a Abolição, foi várias vezes subdelegado e vereador de Sant'Ana. Era isto, quando o promotor Fagundes lembrou--lhe a ideia de fundar um jornal na cidade. Conhecia aquele a mania do último, por jornais, e a resposta confirmou a sua esperança:

– Boa ideia, Seu Fagundes! A Estrela do Abraão (assim era chamada Sant'Ana) não ter um jornal! Uma cidade como esta, pátria de tantas glórias, de tão honrosas tradições, sem essa alavanca do progresso que é a imprensa, esse fanal que guia a humanidade, não é possível!

– O diabo, o diabo... – fez Fagundes.

– Por que o diabo, Fagundes?

– E o capital?

– Entro com ele.

O trato foi feito e Nabor, descendente dos Nabores de Azevedo e dos famigerados Breves, entrou com o cobre; e Fagundes ficou com a direção intelectual do jornal. Fagundes era mais burro e, talvez, mais ignorante do que Nabor, mas este deixava-lhe a direção ostensiva porque era bacharel. *O Arauto* era semanal e saía sempre com um artiguete laudatório do diretor, à guisa de artigo de fundo, umas composições líricas, em prosa, de Nabor, aniversários, uns mofinos anúncios e os editais da Câmara Municipal. Às vezes, publicava certas composições poéticas do professor público. Eram sonetos bem quebrados e bem estúpidos, mas que eram anunciados como "trabalhos de um puro parnasiano que é esse Sebastião Barbosa, exímio educador e glória da nossa terra e da nossa raça".

Às vezes, Nabor, o tal dos Nabores de Azevedo e dos Breves, honrados fabricantes de escravos, cortava alguma coisa de valia dos jornais do Rio e o jornaleco ficava literalmente esmagado ou inundado.

Dentro do jornal, reinava uma grande rivalidade latente entre o promotor e Nabor. Cada qual se julgava mais inteligente por decalcar ou pastichar melhor um autor em voga.

A mania de Nabor, na sua qualidade de profissional e jornalista moderno, era fazer do *O Arauto* um jornal de escândalo, de altas reportagens sensacionais, de *enquetes* com notáveis personagens da localidade, enfim, um jornal moderno; a de Fagundes era a de fazê-lo um quotidiano doutrinário, sem demasias, sem escândalos: um *"Jornal do Comércio"* de Sant'Ana dos Pescadores, a "Princesa d'O Seio de Abraão", a mais formosa enseada do estado do Rio.

Certa vez, aquele ocupou três colunas do grande órgão (e achou pouco), com a narração do naufrágio da canoa de pescaria, Nossa Senhora do Ó, na praia da Mabombeba. Não morrera um só tripulante.

Fagundes censurou-lhe:

– Você está gastando papel à toa!

Nabor retrucou-lhe:

– É assim que se procede no Rio com os naufrágios sensacionais. Ademais: quantas colunas você gastou com o artigo sobre o direito de cavar tariobas, nas praias?

– É uma questão de marinhas e acrescidos; é uma questão de direito.

Assim, viviam aparentemente em paz, mas, no fundo, em guerra surda.

Com o correr dos tempos, a rivalidade chegou ao auge e Nabor fez o que fez com Fagundes. Reclamou este e o descendente dos Breves respondeu-lhe:

– Os tipos são meus; a máquina é minha; portanto, o jornal é meu.

Fagundes consultou os seus manuais e concluiu que não tinha direito à sociedade do jornal, pois não havia instrumento de direito bastante hábil para prová-la em juízo, mas de acordo com a lei e vários jurisconsultos notáveis, podia reclamar o seu direito aos honorários de redator-chefe, à razão de 1.800.000 réis. Ele o havia sido quinze anos e quatro meses; tinha, portanto, direito a receber 324 contos, juros de mora e custas.

Quis propor a causa, mas viu que a taxa judicial ia muito além das suas posses. Abandonou o propósito e Nabor, o tal dos Azevedo e dos Breves, um dos quais recebera a visita do imperador, numa das suas fazendas, na da Grama, ficou único dono do jornal.

Dono do grande órgão, tratou de modificar-lhe o feitio carrança que lhe imprimira o pastrana do Fagundes. Fez inquéritos com o sacristão da irmandade; atacou os abusos das autoridades da Capitania do Porto; propôs, a exemplo de Paris, etc., o estabelecimento do exame das amas--de-leite, etc., etc. Mas, nada disso deu retumbância a seu jornal. Certo dia, lendo a notícia de um grande incêndio no Rio, acudiu-lhe a ideia de que se houvesse um em Sant'Ana, podia publicar uma notícia de escacha, no seu jornal, e esmagar o rival, *O Baluarte*, que era dirigido pelo promotor Fagundes, o antigo companheiro e inimigo. Como havia de ser? Ali, não havia incêndios, nem mesmo casuais. Esta palavra abriu-lhe um clarão na cabeça e completou-lhe a ideia. Resolveu pagar a alguém que atacasse fogo no palacete do doutor Gaspar, seu protetor, o melhor prédio da cidade. Mas, quem seria, se tentasse pagar a alguém? Mas... esse alguém se fosse descoberto denunciá-lo-ia, por certo. Não valia a pena... Uma ideia! Ele mesmo poria fogo no sábado, na véspera de sair o seu hebdomadário *O Arauto*. Antes escreveria a longa notícia com todos os "ff" e "rr". Dito e feito. O palácio pegou fogo inteirinho no sábado, alta noite; e de manhã, a notícia saía bem feitinha. Fagundes, que era já juiz municipal, logo viu a criminalidade de Nabor. Arranjou-lhe uma denúncia-processo e o grande jornalista Salomão Nabor de Azevedo, descendente dos Azevedos, do Rio Claro, e dos Breves, reis da escravatura, foi parar na cadeia, pela sua estupidez e vaidade.

Revista Sousa Cruz, Rio de janeiro, julho de 1921.

O TAL NEGÓCIO DE PRESTAÇÕES

O senhor José de Andrade era contramestre de uma oficina do Estado, situada nos subúrbios.

Era ele o único homem da casa, pois, do seu casamento com d. Conceição, só lhe nasceram filhas, que eram quatro: Vivi, Loló, Ceci e Lili.

Era homem morigerado, sem vícios, exemplar chefe de família, que ele governava com acerto e honestidade. Só tinha um fraco: jogar no bicho, mas isso mesmo, não era diariamente; fazia-o de longe em longe.

Um belo dia, ganhou na centena. Adquiriu, por quinhentos mil-réis, um terreno, em Inhaúma; comprou algumas peças de uso doméstico e distribuiu cem mil-réis, igualmente, entre a mulher e as quatro filhas. D. Conceição tinha visto nas mãos do Benjamim, vendedor ambulante, por prestações, uma saia de casimira muito boa. Quis comprá-la, mas não tinha de mão a quantia que devia dar de sinal. Entretanto, agora, com aqueles vinte mil réis, estava de posse dela.

Nem de propósito! No dia seguinte, Benjamim passa, e ela adquire a saia, dando o sinal e obrigando-se a pagar doze mil-réis, mensalmente.

Vivi também tinha visto nas mãos de Sárak uns borzeguins de cano alto, de pelica, muito bons, mas não tivera o dinheiro na ocasião, para fazer o primeiro adiantamento.

Esperou Sárak e adquiriu dois pares: um preto e outro amarelo. Estava no dever de pagar doze mil-réis por mês, que ela esperava obter com o produto de suas costuras.

Loló, gostava de joias e vivia sonhando com um relogiozinho-pulseira que o Nicolau lhe quisera vender a prestações de quinze mil-réis. Avisou a sua amiga Eurídice que, quando ele lhe fosse cobrar, o mandasse falar com ela, Loló.

Assim foi feito e, no domingo seguinte, ia ao cinema com o adorno cobiçado que logo se desarranjou.

Pagaria as prestações com o dinheiro que os bordados lhe dariam.

Ceci e Lili não eram lá muito inclinadas para esse negócio de prestações, mas o exemplo das irmãs animou-as.

Ceci tinha uma linda saia de *voile* azul-marinho, que o papai lhe dera no mês passado, quando fizera 17 anos, mas não gostava da blusa que era branca. Queria uma creme e, justamente, o Ivã, um ambulante de prestações, que lhe não deixava a porta, tinha uma em condições, e magnífica. Ficou com ela e a sua contribuição era modesta: seis mil-réis mensais, quantia ínfima que o pai lhe daria certamente.

Lili, a mais moça, não tendo ainda 16 anos, parecia resistir à atração, à fascinação de obter um adorno ou uma peça de vestuário, por meio de quotas mensais.

Guardou, durante uma semana, os vinte mil-réis intactos, mas apareceu-lhe no portão, pela primeira vez, um vendedor ambulante de joias, a prestações; e ela, dando-lhe o dinheiro, que tinha reservado, fez-se dona de umas "africanas" com a promessa de pagar dez mil réis por mês. Chama-se o ambulante José Síki.

Ela ajudava a mais velha, a Vivi, nas costuras e, por isso, lhe dava esta uma parte do que ganhava.

O mês correu e não bem para os cálculos das moças, pois Vivi adoeceu e não pudera trabalhar na máquina de costura. A moléstia da mais velha refletiu-se em toda a economia da família, pois houve aumento de despesas com medicamentos, dieta, etc. D. Conceição não pôde fazer economias nas compras, pois tinha que atender ao acréscimo de despesa com o aleitamento de Vivi; à segunda, Loló, tendo que cuidar da irmã, não foi permitido bordar; ao pai, devido aos dispêndios com o tratamento da mais velha, não foi dado oferecer qualquer dinheiro à sua filha de estimação, Ceci; e, finalmente, não tendo Vivi trabalhado, Lili não ganhava a gorjeta que a primogênita lhe dava.

O TAL NEGÓCIO DE PRESTAÇÕES

No começo do mês seguinte, um atrás do outro, lá batiam à porta, Benjamim, Sárak, Nicolau, Ivã, José Síki, a cobrar as prestações de d. Conceição, de Vivi, de Loló, de Ceci e de Lili.

Desculparam-se do melhor modo e os homens se foram resignadamente.

No mês que se seguiu, as coisas não correram tão bem como elas esperavam. Fizeram alguma coisa, mas insuficiente para pagar aos russos das prestações.

Não ficaram estes contentes e procuraram indagar quem era o dono da casa. José de Andrade não sabia da história de prestações e ficou espantado quando eles o procuraram, para a cobrança. No começo pensou que era só um, mas quando viu que eram cinco, e que as prestações alcançavam a respeitável soma de cinquenta e nove mil-réis, o pobre homem quase ficou louco.

Ainda quis restituir os objetos, mas as peças de vestuário estavam usadas, o relógio desarranjado e, até, as "africanas" precisavam de consertos no fecho.

Não houve remédio senão pagar, e, ainda hoje, quando o modesto operário encontra um homem de prestações, diz com os seus botões:

– Não sei como a polícia deixa essa gente andar solta... Só se lembra de perseguir o "bicho", que é coisa inocente.

O Malho, Rio de Janeiro, 10 de janeiro de 1920.

O MEU CARNAVAL

Mas foste mesmo recrutado?

– Fui; e comi fogo que não foi graça.

– Como foi a história?

– Aproximava-se o Carnaval. Como era meu costume, vim para a oficina, onde trabalhava. Eu morava em Santa Alexandrina, pelas bandas do Largo do Rio Comprido. Ao chegar à oficina, na Rua dos Inválidos, o mestre me disse: "Valentim, você hoje tem um serviço externo. Você vai até Caxambi, no Méier, para assentar as caixas d'água de um prédio novo." Deu-me o dinheiro das passagens e parti. Conhecia aquela zona e, a fim de poupar níqueis, desprezei o bonde e fui a pé. Passava eu por uma rua transversal à Imperial, quando fui abordado por três ou quatro tipos fardados, do mais curioso aspecto. Eram de diversas cores, formando uma escolta, cujo comandante, um cabo, era um preto. E que preto engraçado! Desengonçado, pernas compridas e arqueadas, pés espalhados, era mesmo um macaco. A farda, blusa e calça, estava toda pingada; o cinturão subira-lhe até quase ao peito... Enfim, era um verdadeiro jagodes, um "Judas".

– Que é que eles te disseram?

– O cabo veio direito a mim e perguntou-me com toda a empáfia: "Onde é que você vai?". Disse-lhe, mas a feroz autoridade parecia ter implicado comigo, tanto que me intimou: "Você vai à presença do senhor capitão Lulu". "Mas não fiz nada", objetei. Ele foi inabalável e não quis atender aos meus rogos. Chorei, roguei, mas nada! Num dado momento, um dos soldados disse: "Seu cabo está com muitos luxos. Se fosse comigo, esse

O MEU CARNAVAL

paisano ia já". E fez menção de desembainhar um enorme sabre de cavalaria que tinha à cinta.

– Mas que soldados eram estes?

– Não estás vendo logo? Eram guardas nacionais.

– Percebo. Foste?

– Fui. Que remédio?

– Que te fizeram?

– Vou contar-te tintim por tintim. Levaram-me à presença do oficial. Era um mulato forte, simpático, e o seria intensamente se não fosse a sua presunção e pernosticidade. Era assim o capitão Lulu. Muito apurado no seu uniforme, disse-me num tom imperativo: "Você é um reles desertor. É um ignóbil brasileiro que recusa servir a sua pátria". Objetei-lhe cheio de susto: "Mas, senhor capitão, nunca fui soldado, como posso ser desertor?". O capitão Lulu não respondeu diretamente à minha interrogativa, mas perguntou-me: "Como é que você se chama?" Disse-lhe. Indagou ainda: "Onde é que você mora". Indiquei: "Rua tal, em Santa Alexandrina". Isto pareceu lhe contrariar, mas nada disse. Pôs-se a escriturar num livro e, por fim, falou-me: "Encontrei os seus assentamentos. Você está há muito tempo qualificado neste batalhão: 01.723.436, regimento de cavalaria da Guarda Nacional. Apesar de reiteradas intimações, você não se tem apresentado. Está preso disciplinarmente por oito dias". Fiquei tonto, atordoado: "Mas senhor", fiz eu, a tremer. "Cabo", gritou o Lulu, "cumpra as ordens. Já sabe!".

– Puseram-te na cadeia?

– Não. Revistaram-me, tiraram-me as ferramentas e o dinheiro que levava. Isto tudo, na presença do marcial Lulu. Quando este viu os cobres, gritou: "Dá cá! Esses cobres vão para a caixa do regimento". Após o que, levaram-me para um outro compartimento, onde me fizeram despir a roupa e vestir uma calça e blusa do uniforme. Das peças que lá havia, a única blusa que me chegava, tinha as divisas de cabo. Não quiseram arrancá-las e fui feito cabo de esquadra. Isto não impediu, porém, que me pusessem em serviço árduo.

– Qual foi?

– Meteram-me uma enxada na mão e fizeram-me capinar a chácara durante quase oito dias, passando fome.

– Como?

– A comida era café ralo e pão-duro, pela manhã; e, às duas horas, um ensopado de mamão verde, muito malfeito, no qual encontrar uma pastilha de carne seca era uma raridade de fazer alegria até chorar. Na sexta-feira que precedia o sábado, véspera do Carnaval, descansei. Ordenaram-me que lavasse a farda e a roupa branca, o que fiz vestindo em cima do corpo a fatiota com que fora preso. Mandaram passar a roupa lavada a ferro; e, no sábado, ordenaram-me que a envergasse e fosse à presença do comandante. Apresentei-me, fiz a continência que me haviam ensinado e esperei as ordens. O Lulu disse para o superior: "Está aí coronel, o desertor que capturei". O comandante recostado na cadeira, acariciou o ventre proeminente com as duas mãos e disse com sotaque italiano: "Que vai ele fare?". O capitão Lulu respondeu: "Vai ser minha ordenança, no patrulhamento do Carnaval". O coronel ítalo-brasileiro só se limitou a dizer: "Bene!". À tarde, no sábado, Lulu, antes de sairmos, mandou-me chamar e aconselhou-me: "Você me parece boa pessoa, disciplinada. Procede muito bem. 'A submissão é a base do aperfeiçoamento', disse Victor Hugo. Se sou oficial, se cheguei à posição em que estou, devo, não só ao meu esforço, como também a ser obediente aos meus superiores. Você veio, acompanhou-me; porte-se bem que não terá de arrepender-se".

– O que era esse tipo, além de guarda nacional?

– Era servente do Senado.

– Que magnata!

– Não te rias. À hora marcada, saímos, eu e Lulu, para a ronda. Deu-me cinco mil-réis, para despesas, mas não os pude gastar em uma feijoada, porque o aguerrido Lulu não me dava tempo. Andamos pelas ruas e, à noite, fomos aos clubes, onde pude beber e comer à vontade. No domingo foi a mesma coisa e já tinha ganho a intimidade de Lulu, a ponto de bebermos os nossos cálices juntos. Na segunda-feira, deu-me licença de ir até em casa; e eu, que já estava ensoberbado de ser guarda nacional, fui de farda, facão e tudo! Quando cheguei ao Largo do Rio Comprido, saltei para tomar alguma coisa. Topei logo com um conhecido que, surpreendido e cheio de espanto, me disse: "Valentim! Que é isso? Você pode ser 'pegado'!". "Por quê?". "Ninguém se pode fantasiar com os trajes militares do país". Mal tinha dito isto, quando fui preso imediatamente por um polícia que me levou à delegacia onde não me quiseram ouvir e me meteram no xadrez até Quarta-feira de Cinzas. Está em que deu a Guarda Nacional e como foi o meu Carnaval, naquele ano.

Careta, Rio de Janeiro, 8 de janeiro de 1921.

FIM DE UM SONHO

Foi mesmo um sonho, mergulhado no qual vivi cerca de três meses, meu caro. Durante eles, sonhei dia e noite. De dia, então eu nada percebia com nitidez. A luz do sol, dura e crua, me era estranha, feria-me, fazia-me mal. Discernia com dificuldade as fisionomias e as coisas. Eu me havia transformado em um animal noturno muito especial, que só pode viver em luz elétrica. Só sob incidência dessa luz artificial, é que o mundo das coisas e dos entes saía para os meus olhos, da bruma, da caligem, da hesitação de formas; fora daí, o mais radiante sol que houvesse, tudo era pastoso, turvo e mal tomavam corpo e figura as vidas e os objetos.

Erguia-me sempre tarde, porque me deitava alta madrugada. Vinha para casa em automóvel que o clube punha à minha disposição. Metia-me no quarto da pensão chique, que era hermeticamente fechado, como convém a essas pensões, e arejado astuciosamente pelo rodapé e pelo teto. Dormia até as três horas, tomava banho e almoçava quando os outros iam jantar. Saía à boca da noite, fazia horas pelos botequins até ir jantar num restaurante do centro e, depois, encaminhava-me para o clube, o lindo *Incroyable Club*, decorado luxuosamente, com um luxo e gosto nem sempre de grande aprumo, mas que a profusão de luz elétrica, derramada aos jorros, fazia dele suntuoso e maravilhoso que nem um palácio de Mil e uma Noites.

Nunca vira aquilo tudo; e embora, por conhecer alguma coisa de arte, detestasse as duvidosas pinturas das paredes, gostava, entretanto, das mulheres que não me pareciam ser tão artificiais assim. Em começo, fazia o meu serviço, bebendo cerveja; por fim, champanha; e, afinal,

FIM DE UM SONHO

travei conhecimentos com cavalheiros amáveis. Eram todos estrangeiros e chamavam-se: Wassíli Alexandróvich Sóbonoff, engenheiro russo, de grande capacidade em coisas elétricas, emigrado de sua pátria, por causa da União Soviética, e contratado para dirigir uma poderosa usina de produção elétrica em Mambocaba, a fim de extrair mecanicamente turfa, que abundava naquela localidade, e beneficiá-la também.

O outro era dinamarquês ou tcheco e só o conheci pelo nome de Peteo. Pretendia servir-se de um pouco da força da usina de Wassíli, para obter matérias corantes dos resíduos da turfa deste; e o terceiro era o barão de Hermeny, húngaro com muitos quarteirões de nobreza, descendente de Santo Estevão e não sei quem mais. Corria mundo enquanto não se restabelecia o trono do seu augusto e santo avô, para então retomar os seus cargos e as suas fartas rendas.

Nunca conheci cavalheiros tão amáveis e educados. Sempre corretamente vestidos, enjoiados discretamente, conversavam comigo sobre todos os assuntos com conhecimento profundo de causa. Sabiam todo o movimento político do mundo e as suas previsões eram sempre seguras. Desde que os conheci, nunca mais paguei champanha nem ceias. Para estas, eles traziam variadas damas que lhes falavam numa gerigonça arrevesada que mesmo não sei que língua era. Eu ficava babado diante daquelas carnaduras rijas, daqueles colos azuis que nos são pouco familiares e daqueles rostos polpudos, daquelas sobrancelhas negras a poder de ingredientes, daquelas orelhas cheias de bichas e daquelas ancas... Por momentos, vendo aquelas mulheres, aquelas luminárias, aqueles tapetes, aqueles jarrões com pequenas palmeiras, esquecendo as figuras das paredes, eu me julgava um sultão ou pelo menos, um aprendiz desse ofício, mas que já podia tirar o lenço...

Um dia saí com o barão húngaro e convidei-o para tomar o meu automóvel. Quando ele ia entrar, chegou-se um sujeito, apresentou-lhe uma carteira e disse-lhe:

– O senhor está convidado a ir à Polícia Central.

O barão não relutou e respondeu galantemente:

– Deve ser algum engano. Vamos.

Depois, dirigindo-se a mim:

– O doutor me desculpe... As autoridades brasileiras ainda não estão bem informadas de quem sou...

– Quer ir no meu automóvel?

– Não; seria incomodá-lo. Vou mesmo num táxi aqui com o senhor, disse, voltando-se para o agente.

No dia seguinte, soube que o tal barão era um terrível ladrão de bancos que a polícia do Chile perseguia, por ter roubado, com grande audácia, a um de Santiago, em cerca de cento e cinquenta contos. Não era húngaro, como se intitulava: era rumaico ou coisa que o valha.

Continuei, porém, no meu sonho de nada pensar de sério na vida. Quase não lia jornais; livros e revistas, esperava que me apontassem as páginas, em cima da mesa; não respondia às cartas ou mal as respondia, às pressas. Que mais queria? Tinha encontrado, ao mesmo tempo, os Campos Elísios, o Éden, o Paraíso cristão e o de Maomé. O clube de jogo juntava-me tudo isto no meu sentir e para o meu gozo. Vivia num arrebatamento deste mundo, fora dele e das suas coisas triviais, num encantamento divino... Que delícia!

– Como acabou, meu caro? – perguntou-lhe o amigo que o ouvira calado até aí.

– Uma noite destas, fui para o serviço do clube, como de costume, e o porteiro, logo à entrada, me avisou: "A casa fechou doutor; a emenda do senador Sá foi avante: não há mais jogo".

Não quis subir, pus-me na rua e acendi o último dos havanas que o tal engenheiro russo me havia dado, na véspera. Fumei-o com volúpia e vagar, sacudindo as cinzas com pena, as cinzas do meu sonho! Certamente, esse seria o último que fumaria na minha vida... Foi um sonho!

Careta, Rio de Janeiro, 21 de janeiro de 1922.

Lourenço, o Magnífico

I

Quem não conheceu, antes de 1914, o corretor Lourenço Caruru, hoje não o conhecerá mais.

Lembram-se todos que ele ia ali, ao Colombo, todas as tardes, tomar um ou dois *cock-tails;* e, se lhe apareciam amigos, logo raspava-se para não pagar mais. Tinha horror aos filantes; hoje, ele os procura, mas aos de alta escola, que aprendem com os modestos pilhérias e ditos.

Lourenço Caruru, só no ano de 1917, ganhou líquido oitocentos contos.

Nos seus belos tempos dos dois *cock-tails* por tarde de Colombo, Caruru era um homem morigerado que, das "francesas", só queria o cheiro; e, se por acaso, uma delas lhe sentava à mesa, logo punha-se a tremer com medo que a cara-metade lhe aparecesse.

Era homem da família.

Depois dos dois *cock-tails* saía a bongar frutas, *bombons* e quejandos, para levar para os filhos e netos.

Ganhando tanto dinheiro no curto espaço de um ano, Lourenço ficou estonteado e julgou-se um príncipe magnífico.

A primeira coisa que arranjou foi uma princesa, coisa que não lhe foi difícil nos mercados do Flamengo e do Catete.

Correu a um estufador e disse-lhe:

– Preciso mobiliar um *appartement* com gosto. É para uma senhora estrangeira de fino trato.

Essa "senhora estrangeira de fino trato" começara modestamente como caixeira de botequim em Estrasburgo, passara-se para Paris com a profissão e tudo e, daí, tentara fazer a "América do Sul", no que foi muito feliz, como se está vendo.

O tapeceiro, depois de ouvir o homenzinho e pedir-lhe mais detalhes, disse-lhe o custo do *appartement*.

– Vinte contos.

O homenzinho indignou-se:

– Mas, então, o senhor pensa que eu sou um "pronto" por aí?! Que eu sou algum funcionário público?!

– Meu caro senhor – disse-lhe o negociante –, eu fiz o orçamento médio. Havia nele todo o mobiliário para os quartos de dormir, *boudoir,* sala de visitas, etc., etc. Mas, se o senhor quer coisa melhor...

– Por certo! – Exclamou o corretor.

– Vou, então, organizar coisa mais requintada.

– Faça e mande a conta. A senhora virá examinar e combinar com o senhor tudo. Dito e feito: o tapeceiro fez a mesma coisa ou pouco mais do que aquilo que ia custar-lhe vinte contos, cobrou-lhe cem, de acordo com a "madama", que levou vinte por cento na transação.

Mas, Lourenço não estava satisfeito. Queria passar como homem de gosto junto da "madama". Queria quadros, estátuas... arte!

De vista, ele conhecia vários rapazes pintores, mas, por conhecê-los, não os julgava capazes de fazerem qualquer trabalho de préstimo.

"Então, aquele tipo que vive na porta da 'Galeria' pode fazer alguma coisa que preste? Qual!".

Nesse meio-tempo, desembarca um afamado pintor egípcio, Sádi Ben Álfari, cujos méritos os jornais gabam com os mais ternos adjetivos. Lourenço, que, naquele ano de 1918, ganhara num negócio de cereais e praça de navios, cerca de mil contos, compra-lhe a carregação toda de quadros, ainda encaixotados na alfândega.

O tal pintor da terra dos faraós musca-se logo e, quando Lourenço manda desencaixotar os quadros, fica admirado de só encontrar neles, apesar de ser quase uma centena, a reprodução das pirâmides e da ilha de File, à tarde, ao meio-dia e pela manhã.

"Madama" que não tinha levado nada na transação, passa-lhe uma grande descompostura e refuga-lhe os quadros. Lourenço os distribui com os amigos, parentes e, até, leva alguns para a casa da família.

Meses depois, os jornais anunciam que o sr. Ramkjolk, de Estocolmo, ia expor uma grande coleção de mármores artísticos, dos mais célebres escultores da Suécia, no armazém de uma casa da Avenida Central.

O magnífico Lourenço lê a notícia e a "madama" também.

Dias depois, resolvem ir ver os mármores suecos que fizeram o ingente sacrifício de atravessar tantos mares bravios, para nos edificar esteticamente; os dois vão até eles, não só para receberem um *frisson* de arte superior, pois os nervos de Lourenço não suportavam outro, como também para adquirirem alguns.

Essa última parte foi logo alvitrada por "madama" que, a sós, já tinha examinado a exposição.

No automóvel de príncipes, vão arrulhando, ele e "madama". Chegam, "madama" quer este, Lourenço quer aquele; e ambos querem aquele outro.

Resultado: gastam duzentos contos em estátuas.

Lourenço, o Magnífico, sai radiante com a revelação inesperada da sua cultura artística, mas, subitamente, ao transpor a porta de saída, lembra-se de alguma coisa e volta-se de repente, para reentrar.

"Madama" assusta-se.

– Que é Lourenço?

– É preciso pôr o meu cartão em cada um daqueles calungas.

II

Quando Lourenço Caruru, o corretor *nouveau-riche*,[1] deu balanço dos seus lucros, em 1919, e viu que tinha ganho mais de mil contos, procurou gastar o mais que pudesse, com repercussão, porém, nos jornais e

---

1 Pessoa de classe social baixa que enriquece subitamente, mas que mantém um estilo de vida, gostos e modos considerados vulgares pelas classes mais altas. (N.E.)

nas altas rodas. Vimos como ele gastou duzentos contos em mármores suecos, a que ele, pitorescamente, denominou calungas. Embora fizesse outros gastos tão avultados, a sua fortuna em nada se ressentiu deles, pois os ganhos em especulações da praça de navios, de compra e venda de cereais, de carnes e, até na declaração de guerra do Brasil à Alemanha, foram tais que cobriram todas as suas dissipações e as de "madama", a princesa de *brasserie,* para quem montara uma luxuosa moradia.

Verificando tão extraordinários lucros, Caruru pôs-se a pensar em que devia gastar dinheiro.

Ele estava na situação daquele sujeito a quem o diabo dera uma carteira, contendo certa avultada quantia que ele devia gastar totalmente até a meia-noite. Toda a manhã, ela amanhecia cheia.

O sujeito supôs a coisa fácil e, durante os primeiros meses, cumpriu o pacto. Jogava, bebia, viajava, galanteava, etc., etc., mas vieram o enfado e o cansaço dessas coisas todas, e, numa bela noite, chega-lhe a hora fatal das doze e ele não tinha gasto todo o dinheiro da carteira.

O diabo surge-lhe e pergunta-lhe:

– Então? A tua alma é minha... Não soubeste gastar o dinheiro...

– É que... estou doente.

– Qual, doente! Qual nada! – Objeta o demônio. – Se o soubesses gastar, terias escapado do inferno por toda a eternidade.

– Como?

– Fazendo o bem.

Naqueles começos do ano de 1919, Lourenço, o Magnífico, estava em situação semelhante. Ele não sabia como gastar a cobreira que ganhara... Deu em mudar o estilo do mobiliário da casa e fazia as maiores extravagâncias.

"Madama" não tinha também grande força de fantasia. No fundo, ela era uma pequena burguesa, de gostos simples, com aqueles fingimentos de aventureira de alto coturno, de Lady Hamilton de um rasta brasileiro numa cidade mais ou menos cheia de selvagens, que fazia, explicava, o seu pecúlio com que, na sua segunda velhice (pois estava na primeira) ficassem cobertas suas necessidades, auxiliasse os parentes e fizesse obras pias e de caridade que a levassem direitinho ao céu dos justos, apesar de tudo.

Ambos sem fantasia, não atinavam como gastar a melgueira, cujo ganho na algibeira de Caruru representava a morte, a dor, o penoso trabalho de centenas de miseráveis.

A história de mudança do mobiliário já estava cacete. Eram andorinhas pra cá; eram andorinhas pra lá. A vizinhança, no contar dos criados, já troçava. "Madama" gostava, porque sempre refundia o preço de venda da que se ia; mas, apesar de tal, teve medo do ridículo e parou com a coisa.

Lourenço, o Magnífico, muito menos fértil de imaginação fantasista, estava atarantado, mesmo porque, como o tal sujeito da lenda, não sabia fazer bem.

Os seus princípios de economia e subordinação a um ganho restrito junto ao seu natural visceralmente seco, tinham-no feito viver à parte da caridade. Sempre embirrara com os mendigos:

– É uma vergonha, dizia ele, que, numa cidade como esta, um homem não possa andar, sem que não encontre dez pobres, para lhe estender a mão. Que faz a polícia? O governo não cria asilos?

Há pessoas que têm medo de defuntos; Lourenço, o Magnífico, sempre tivera ojeriza aos pobres e miseráveis. Eram-lhe como espectros...

Não sabia, portanto, como aplicar os seus desmedidos lucros; e tão enleado estava nessa atroz cogitação que até pensou em arranjar outra "madama". Era como ele sabia gastar... Mas... teve medo. A primeira "Madama" era uma fera de ciúmes (ela é quem sabia de quem os tinha); e bem podia fazer uma das suas. Lourenço, o Magnífico, não quis levar o propósito avante; mas... precisava gastar dinheiro, fosse como fosse.

Uma tarde, em que ele chegara ao seu *appartement,* antes de "madama", esta veio encontrá-lo, ao chegar ela da rua, sentado a ler os jornais vespertinos. Falou-lhe "madama" com o seu português bordelengo em que ela queria, na ocasião, por muita meiguice:

– Sabes, Lourenço, de uma coisa?

– Que é?

– Acabo de vir de uma exposição de tapeçarias. Que coisas lindas! Dizem que foi de uma grande casa russa, cujos membros conseguiram salvar do saque dos sanguinários socialistas que tomaram conta da Rússia. Há até um autêntico gobelino, mas não foi deste que eu gostei. O que gostei mais foi de um "Hércules e Onfale". Queres comprá-lo?

– Quanto custa?

– Vinte contos.

– Estás doida, filha! Ainda se fosse em outra coisa, mas dar tanto dinheiro, para se pôr os pés... Nessa não vou eu!...

"Madama" pôs-se de pé e disse com todo desprezo:

– Burro! Selvagem! *Sale singe*! Pois você pensa que é um tapete qualquer? Ora, bolas! É um verdadeiro quadro que se estende na parede. Aprenda, macaquito!

– Não sabia – acudiu o corretor humildemente – mas, se é assim, amanhã terá você o tapete.

Não só comprou esse, como mais outros e a "madama" ganhou dezoito contos de comissão.

III

Lourenço Caruru, o Magnífico, depois que a guerra e a Liga pelos Aliados lhe fizeram ganhar centenas de contos por ano, teve desejos de mostrar-se um homem fino, artista e apreciador de belas coisas.

Já temos visto como ele se mostrou conspícuo em matéria de artes plásticas e aplicadas, mas o que não contei ainda, foi como ele inaugurou, com grande orgulho monetário, a sua biblioteca.

Caruru tinha por camarada um adestrado leiloeiro com quem almoçava todo o dia, no *restaurant* mais caro do centro comercial e mais banal do universo, enquanto "madama" sarandava por aí, à cata de compras vultuosas em que ela ganhasse gordas comissões, meio magnífico que encontrara para passar grande parte da fortuna do "Magnífico" para as suas algibeiras.

Esse leiloeiro, o Cosme, viu bem que, até então, só havia ganho com os estupendos lucros do Caruru, almoços e charutos. Era preciso ganhar mais alguma coisa. Falou-lhe em móveis antigos, em curiosidades de mobiliário, de toda a ordem. Caruru, porém, seguindo o conselho da princesa, "madama" só gostava de coisas novas. Esses objetos antigos, dizia ele, consoante a sabedoria da Saúde Pública, têm germens de várias moléstias transmissíveis e ele não ia nisso de morrer agora, quando ganhava dinheiro a rodo e tinha ao lado aquela deliciosa "madama" que o fizera ressuscitar da sepultura do lar burguês e honesto.

Cosme, entretanto, não desanimou de ganhar algum dinheiro graúdo do seu "comensal riquíssimo" de opíparos almoços.

Havia morrido um manipanso célebre do foro, dos pareceres e dos *apedidos* do *Jornal do Comércio,* e Cosme tinha que lhe vender a biblioteca em leilão. Era de fato preciosa, mas os livros preciosos e caros estavam virgens, até de traças.

Cosme, logo que pôs a livraria no armazém, tratou de seduzir o amigo para lhe comprar uns lotes.

– Não sabes, Caruru, que livros raros há na biblioteca do conselheiro Encerrabodes!

– Estrangeiros?

– Não; nacionais. Os livros nacionais, quando rareiam, são mais raros do que os estrangeiros.

– Por quê?

– Porque, aqui, não há amor aos livros, de forma que eles não são conservados de pais a netos. Ao contrário do que acontece na Europa, onde os herdeiros quase sempre guardam as relíquias, inclusive os livros, dos avós, sendo por isso fácil encontrar duplicatas, triplicatas e mais.

– Então tens verdadeiras preciosidades?

– Tenho.

– Quando é o leilão?

– Amanhã.

– Vou lá – disse Caruru o ar de um valentão que diz para outro: "Comigo é nove e tu não tiras farinha".

Despediram-se e Cosme logo tratou de achar um comparsa que "picasse" os lances de Caruru.

No dia seguinte, o corretor lá estava, Cosme distraiu-o até começar o leilão. Puseram em lotação uma obra cujo título ele não ouviu bem. Um sujeito disse:

– Dois contos de réis.

Cosme, piscando o olho para Caruru, gritou:

– Quem dá mais?

O "Magnífico" berrou:

– Dois contos e quinhentos.

O comparsa do leiloeiro berrou:

– Três contos!

O duelo continuou assim e a obra coube a Lourenço pela ninharia de nove contos. Eram as leis e decisões do Brasil, desde a Independência até um ano próximo àquele de tão memorável compra. Dessa forma, comprou muitos o tros.

Quando Caruru ia saindo orgulhoso da vitória, alguém perguntou:

– O senhor deve ganhar muito dinheiro na advocacia não é?

– Absolutamente não. Ganho muito dinheiro com a guerra que os outros fazem e na qual morrem aos milheiros.

Achou a resposta irônica e sentiu que tinha esmagado o idiota que pretendera debochá-lo.

Dias depois, possuía no famoso apartamento o núcleo de uma bela e luxuosa biblioteca, para a qual era perfeitamente analfabeto e que faria dormir o mais resistente a leituras soporíferas.

Careta, Rio de Janeiro, 5 de março de 1921.

O FALSO D. HENRIQUE V
(EPISÓDIO DA HISTÓRIA DA BRUZUNDANGA)

Nas notas da minha viagem à República da Bruzundanga, que devem aparecer brevemente, eu me abstive, para não tornar enfadonho o livro, de tratar da sua história. Não que ela deixe, por isso ou aquilo, de ser interessante, mas por ser trabalhosa a tarefa, à vista das muitas identificações das datas de certos fatos, que exigiam uma paciente transposição de sua cronologia para a nossa e também porque certas formas de dizer e de pensar são muito expressivas na língua de lá, mas que numa tradução instantânea para a de cá ficariam sem sal, sem o sainete próprio, a menos que não quisesse eu deter-me anos em tal afã.

Conquanto não seja rigorosamente científico, como diria um antigo aluno da *École Nationale des Chartes*, de Paris; conquanto não seja assim, eu tomei a resolução heróica de aproximar a *grosso modo*, nesta breve notícia, os mais peculiares à Bruzundanga dos nossos nomes portugueses e nomes típicos, assim como, do nosso calendário usual, as datas da cronologia nacional da República da Bruzundanga, que seria obrigado a fazer referência.

É assim que o nome do principal personagem desta narração não é bem o germano-luso Henrique Costa, mas no falar da República de que trato, Henbe-en-Rhinque.

Avisados disso os eruditos, estou certo de que não tomarão por inqualificável ignorância da minha parte esse traduzir, fantástico às vezes, mesmo só se baseando na simples homofonia dos vocábulos.

A história do falso d. Henrique, que foi imperador da Bruzundanga, é muito semelhante à daquele falso Demétrio que imperou na Rússia onze meses. Mérimée contou-lhe a história em um livro estimável.

O imperador d. Sajon (Shah-Jehon) reinava desde muito e o seu reinado parecia não querer tomar termo. Todos os seus filhos varões tinham morrido e a sua herança passava para os seus netos varões, os quais, nos últimos anos do seu governo, se haviam reduzido a um único.

Lá, convém lembrar, havia uma espécie de lei sálica que não permitia princesa no trono, embora, em falta do filho do príncipe varão, pudessem os filhos delas governar e reinar.

O imperador d. Sajon, conquanto fosse despótico, mesmo, em certas vezes, cruel e sanguinário, era amado do povo, sobre o qual a sua cólera quase nunca se fazia sentir.

Tinha no coração que a sua gente pobre fosse o menos pobre possível; que no seu império não houvesse fome; que os nobres e príncipes não esmagassem nem espoliassem os camponeses. Espalhava escolas e academias e, aos que se distinguiam, nas letras ou nas ciências, dava as maiores funções do Estado, sem curar-lhes da origem.

Os nobres fidalgos e mesmo os burgueses enriquecidos do pé para a mão murmuravam muito sobre a rotina do imperante e o seu viver modesto. Onde é que se viu, diziam eles, um imperador que só tem dois palácios? E que palácios imundos! Não têm mármores, não têm afrescos, não têm quadros, não têm estátuas... Ele, continuavam, que é dado à botânica, não tem um parque, como o menor do rei da França, nem um castelo, como o mais insignificante do rei da Inglaterra. Qualquer príncipe italiano, cujo principado é menos do que a sua capital, tem residências dez vezes mais magníficas do que esse bocó de Sanjon.

O imperador ouvia isso da boca dos seus esculcas e espiões, mas não dizia nada. Sabia o sangue e a dor que essas construções opulentas custam aos povos. Sabia quantas vidas, quantas misérias, quanto sofrimento custou, à França, Versalhes. Lembrava-se bem da recomendação que Luiz XIV, arrependido, na hora da morte, fez a seu bisneto e herdeiro, pedindo-lhe que não abusasse das construções e das guerras, como ele o fizera.

Serviu assim o velho imperador o seu longo reinado sem dar ouvidos aos fidalgos e grandes burgueses, desejosos todos eles de fazer parada das suas riquezas, títulos e mulheres belas, em grandes palácios, luxuosos teatros, vastos parques, construídos, porém, com o suor do povo.

Vivia modestamente, como já foi dito, sem fausto, ou antes com um fausto obsoleto, tanto pelo seu cerimonial propriamente quanto pelos apetrechos de que se servia. O carro de gala tinha sido do seu bisavô e, ao que diziam, as librés dos palafreneiros ainda eram da época do pai, vendo-se até em algumas os remendos mal postos.

Perdeu todas as filhas, por isso veio a ficar sendo, afinal, o único herdeiro o seu neto d. Carlos (Khárlithos). Era este um príncipe bom como o avô, porém mais simples e mais triste do que Sanjon.

Vivia sempre afastado, fora da corte e dos fidalgos, num castelo retirado, cercado de alguns amigos, de livros, de flores e árvores. Dos prazeres reais e feudais só guardava um: o cavalo. Era a sua paixão e ele não só os tinha dos melhores, como também, ensaiava cruzamentos, para selecionar as raças nacionais.

Enviuvara dois anos após um casamento de conveniência e do seu enlace houvera um único filho, o príncipe d. Henrique.

Apesar de viúvo nada se dizia sobre os seus costumes que eram os mais puros e os mais morais que se podem exigir de um homem. O seu único vício era o cavalo e os passeios a cavalo pelos arredores do seu castelo, às vezes com um amigo, às vezes com um criado, mas quase sempre só.

Os amigos íntimos diziam que o seu sofrimento e a sua tristeza vinham de pensar em ser um dia imperador. Ele não disse, mas bem se podia admitir que raciocinasse com aquele príncipe do romance que confessa ao primo: "Pois você não vê logo que eu tenho vergonha, nesta época, de me fingir de Carlos Magno, com o tal manto de arminho, abelhas, coroas, cetro, você não vê mesmo? Fique você com a coroa, se quiser!".

D. Carlos não falava assim, pois não era dado a *blagues,* nem a *boutades,* mas, de quando em quando, ao sair dos rápidos acessos de mutismo e melancolia a que era sujeito, no meio da conversação, dizia como num suspiro:

– No dia em que for imperador, o que farei, meu Deus!

Um belo dia, um príncipe tão bom como este aparece assassinado num caminho que atravessa uma floresta do seu domínio de Cubahandê, nos arredores da capital.

A dor foi imensa em todos os pontos do império e ninguém sabia explicar por que uma pessoa tão boa, tão ativamente boa, seria trucidada assim misteriosamente. Naquela manhã, saíra a cavalo, na Hallumatu, a sua égua negra, de um ébano reluzente como carbúnculo e ela voltava desbocada, sem o cavalheiro, para as estrebarias. Procuraram-no e foram encontrá-lo cadáver com uma punhalada no peito.

O povo perquiriu os culpados e boquejou que o assassinato devia ter sido a mandado de uns parentes longínquos da família imperial, em nome da qual, há vários séculos, o seu chefe e fundador tinha desistido das suas prerrogativas e privilégios feudais, para traficar com escravos malaios. Enriquecidos, aos poucos entraram de novo na hierarquia de que se tinham degradado voluntariamente, mas não obtiveram o título de príncipes imperiais. Eram somente príncipes.

O assassinato ficou esquecido e o velho rei Sanjon teimava em viver. Fosse enfraquecimento das faculdades, originado pela velhice, fosse o emprego de sortilégios e feitiços, como querem os incrédulos cronistas de Bruzundanga, o fato é que o velho imperador entregou-se de corpo e alma ao mais evidente representante da família aparentada, a dos Hjanlhianes, o tal que se havia degradado. Fazia este e desfazia no império; e falou-se mesmo em permiti-los voltar às dignidades imperiais, mediante um *senatusconsultum.* A isso, o povo e sobretudo o exército

O falso d. Henrique V

se opuseram e começaram a murmurar. O exército era republicano, queria uma república de verdade, na sua ingenuidade e inexperiência política; os Hjanlhianes logo perceberam que, por aí, podiam chegar a altas dignidades e muitos deles se fizeram republicanos.

Entretanto, o bisneto de Sanjon continuava sequestrado no castelo de Cubahandê. Devia ter sete ou oito anos.

Quando menos se esperava, num dado momento em que se representava, no Teatro Imperial da Bruzundanga, o *Brutus* de Voltaire, vinte generais, seis coronéis, doze capitães e cerca de oitenta alferes proclamaram a república e saíram para a rua, seguidos de muitos paisanos que tinham ido buscar as armas de flandres, na arrecadação do teatro, a gritar: Viva a república! Abaixo o tirano! etc., etc.

O povo, propriamente, vem assim, àquela hora, nas janelas para ver o que se passava e, no dia seguinte, quando se soube da verdade, um olhava para o outro e ambos ficavam estupidamente mudos.

Tudo aderiu; e o velho imperador e os seus parentes, exceto os Hjanlhianes, foram exilados. Ficou também o pequeno príncipe d. Henrique como refém e sonhou que os imperiais parentes dele não tentariam nenhum golpe de mão contra as instituições populares, que acabavam de trazer a próxima felicidade da Bruzundanga.

Foi escolhida uma junta governativa, cujo chefe foi aquele Hjanlhianes, Tétrech, que era favorito do imperador Sanjon.

Começou logo a construir palácios e teatros, a pôr casas abaixo, para fazer avenidas suntuosas. O dinheiro da receita não chegava, aumentou os impostos, e vexações, multas, etc. Enquanto a constituinte não votava a nova Constituição, decuplicou os direitos de entrada de produtos estrangeiros manufaturados. Os espertos começaram a manter curiosas fábricas de produtos nacionais da seguinte forma, por exemplo: adquiriam em outros países solas, sapatos já recortados. Importavam tudo isso, como matéria-prima, livre de impostos, montavam as botas nas suas singulares fábricas e vendiam pelo triplo do que custavam os estrangeiros.

Outra forma de extorquir dinheiro ao povo e enriquecer mais ainda os ricos eram as isenções de direitos alfandegários.

Tétrech decretou isenções de direitos para maquinismos, etc., destinados a usinas modelos de açúcar, por exemplo, e prêmios para a exportação dos mesmos produtos. Os ricos somente podiam mantê-los e trataram de fazê-lo logo. Fabricaram açúcar à vontade, mas mandavam para o exterior, pela metade do custo, a quase totalidade da produção, pois os prêmios cobriam o prejuízo e o encarecimento fatal de produto, nos mercados da Bruzundanga, também. Nunca houve tempo em que se inventassem com tanta perfeição tantas ladroeiras legais.

A fortuna particular de alguns, em menos de dez anos, quase que quintuplicou, mas o Estado, os pequenos burgueses e o povo, pouco a pouco, foram caindo na miséria mais atroz.

O povo do campo, dos latifúndios (fazendas) e empresas deixou a agricultura e correu para a cidade atraído pela alta dos salários; era, porém, uma ilusão, pois a vida tornou-se caríssima. Os que lá ficaram, roídos por doenças e bebida, deixavam-se ficar vivendo num desânimo de agruras.

Os salários eram baixíssimos e não lhes davam com o que se alimentassem razoavelmente; andavam quase nus; as suas casas eram sujíssimas e cheias de insetos parasitas, transmissores de moléstias terríveis. A raça da Bruzundanga tinha por isso uma caligem de tristeza que lhe emprestava tudo quanto ela continha: as armas, o escachoar das cachoeiras, o canto doloroso dos pássaros, o cicio da chuva nas cobertas de sapê da choça, tudo nela era dor, choro e tristeza. Dir-se-ia que aquela terra tão velha se sentia aos poucos sem viver...

Antes disso, porém, houve um acontecimento que abalou profundamente o povo. O príncipe d. Henrique e o seu preceptor, d. Hobhathy, foram encontrados numa tarde, afogados num lago do jardim do castelo de Cubahandê. A nova correu célere por todo o país, mas ninguém quis acreditar no fato, tanto mais que Tétrech Hjanlhianes mandou executar todos os servidores do palácio. Se ele os mandou matar, considerava a gente humilde, é porque não queria que ninguém dissesse que o menino tinha fugido. E não saiu daí. Os padres das aldeias e arraiais, que se viam vexados e perseguidos, os das cidades sempre dispostos a esmagar aqueles, para servir os potentados nas suas violências e opressões contra os trabalhadores rurais, não cessavam de manter veladamente essa crença da existência do príncipe Henrique. Estava oculto, havia de aparecer...

Sofrimentos de toda a ordem caíram sobre o pobre povo da roça e do sertão; privações de toda a natureza caíram sobre ele; e colaram-lhe a fria sanguessuga, a ventosa dos impostos, cujo produto era empregado diretamente, num fausto governamental de opereta, e, indiretamente, numa ostentação ridícula de ricos sem educação nem instrução. Para benefício geral, nada!

A Bruzundanga era um sarcófago de mármore, ouro e pedrarias, em cujo seio, porém, o cadáver mal embalsamado do povo apodrecia e fermentava.

De norte a sul, sucediam-se epidemias de loucuras, umas maiores, outras menores. Para debelar uma, foi preciso um verdadeiro exército de vinte mil homens. No interior era assim; nas cidades, os hospícios e asilos de alienados regurgitavam. O sofrimento e a penúria levavam ao álcool, "para esquecer"; e o álcool levava ao manicômio.

Profetas regurgitavam, cartomantes, práticos de feitiçaria, abusos de toda a ordem. A prostituição, clara ou clandestina, era quase geral, de alto a baixo; e os adultérios cresciam devido ao mútuo engano dos nubentes em represália, um ao outro, fortuna ou meios, de obtê-la. Na classe pobre, também, por contágio. Apesar do luxo tosco, bárbaro e bronco, dos palácios e "perspectivas" cenográficas, a vida das cidades era triste, de provocar lágrimas. A indolência dos ricos tinha abandonado as alturas dela, as suas colinas pitorescas, e os pobres, os mais pobres, de mistura em toda espécie de desgraçados criminosos e vagabundos, ocupavam as eminências urbanas com casebres miseráveis, sujos, frios, feitos de tábuas de caixões de sabão e cobertos com folhas desdobradas de latas em que veio acondicionado o querosene.

Era a coroa, o laurel daquela glacial transformação política...

As dores do país tiveram eco num peito rústico e humilde. Surgiu num domingo o profeta, que gemia por todo o país.

Rapidamente, pela nação toda, foram conhecidas as profecias, em verso, do professor Lopes. Quem era? Numa aldeia da província de Aurilândia, um velho mestiço que tivera algumas luzes de seminário e vivera muito tempo a ensinar as primeiras letras, apareceu alistando profecias, umas claras, outras confusas. Em instantes, espalharam--se pelo país e foram do ouvido do povo crédulo ao entendimento do burguês com algumas luzes.

Todos os que tinham "a fé no coração" ouviram-nas e todos queriam o reaparecimento d'Ele, do pequeno imperador d. Henrique, que não fora assassinado. A tensão espiritual chegava ao auge; a miséria batia em todos os pontos, uma epidemia desconhecida de tal forma violenta que, na capital da Bruzundanga, foi preciso apelar para a caridade dos galés, a fim de enterrar os mortos!...

Desaparecida que ela foi, muito tempo, a cidade, os subúrbios, até as estradas rurais cheiravam a defunto...

E quase todas recitavam como oração, as profecias do professor Lopes:

Este país da Bruzundanga
Parece de Deus deslembrado.
Nele, o povo anda na canga
Amarelo, pobre, esfaimado.

Houve fome, seca e peste
Brigas e saques também
E agora a água investe
Sem cobrir a guerra que vem.

No ano que tem dois sete
Ele por força voltará
E oito ninguém sofrerá.
Pois flagelos já são sete
E oito ninguém sofrerá.

O falso d. Henrique V

Estes toscos versos eram sabidos de cor por toda a gente e recitados em uma unção mística. O governo tentou desmoralizá-los, por intermédio dos seus jornais, mas não conseguiu. O povo acreditava. Tentou prender Lopes, mas recuou diante da ameaça de uma sublevação em massa da província de Aurilândia. As coisas pareciam querer sossegar, quando se anunciou que, nesta penúria, aparecera o príncipe d. Henrique. Em começo, ninguém fez caso, mas o fato tomou vulto. Todos por lá recebiam-no como tal, desde o mais rico até o mais pobre. Um velho servidor do antigo imperador jurou reconhecer, naquele mancebo de trinta anos, o bisneto do seu antigo imperial amo.

Os Hjanlhianes, com estes e aquele nome, continuavam a suceder-se no governo, espenicando o saque e a vergonha do país em regra. Tinham, logo que esgotavam as forças dos naturais, apelado para a imigração, a fim de evitar veladuras nos seus latifúndios. Vieram homens mais robustos e mais cheios de ousadia, sem mesmo dependência sentimental com os dominadores, pois não se deixavam explorar facilmente, como os naturais. Revoltavam-se continuadamente e os Hjanlhianes, esquecidos do mal que tinham dito dos seus patrícios pobres, deram em animar estes e a tanger o chocalho da Pátria e do Patriotismo. Mas, era tarde! Quando se soube que a Bruzundanga tinha declarado guerra ao Império dos Oges, para que muitos Hjanlhianes se metessem em grandes comissões e gorjetas, que os banqueiros da Europa lhes davam, não foi mais a primazia de Aurilândia que se conheceu naquele mancebo desconhecido, o seu legítimo imperador d. Henrique V, bisneto do bom d. Sajon: foi todo país, operários, soldados, cansados de curtir miséria também; estrangeiros, vagabundos, criminosos, prostitutas, todos enfim, que sofriam.

O chefe dos Hjanlhianes morreu como um cão, envenenado por ele mesmo ou por outros, no seu palácio, enquanto os seus criados e fâmulos queimavam no pátio, em auto de fé, os tapetes que tinham custado misérias e lágrimas de um povo dócil e bom. A cidade se iluminou; não houve pobre que não pusesse uma vela, um coto, na janela do seu casebre...

D. Henrique reinou durante muito tempo e, até hoje, os mais conscienciosos sábios da Bruzundanga não afirmam com segurança se ele era verdadeiro ou falso.

Como não tivesse descendência, quando chegou aos 60 anos, aquele sábio príncipe proclamou por sua própria boca a república, que é ainda a forma de governo da Bruzundanga mas para a qual, ao que parece, o país não tem nenhuma vocação. Ele espera ainda a sua forma de governo...

Eficiência militar
(Historieta chinesa)

Li-Huang-Pô, vice-rei de Cantão, Império da China, Celeste Império, Império do Meio, nome que lhe vai a calhar, notava que o seu exército provincial não apresentava nem garbo marcial, nem tampouco, nas últimas manobras, tinha demonstrado grandes aptidões guerreiras.

Como toda a gente sabe, o vice-rei da província de Cantão, na China, tem atribuições quase soberanas. Ele governa a província como reino seu que houvesse herdado de seus pais, tendo unicamente por lei a sua vontade.

Convém não esquecer que isto se passou durante o antigo regime chinês, na vigência do qual esse vice-rei tinha todos os poderes de monarca absoluto, obrigando-se unicamente a contribuir com um avultado tributo anual, para o erário do Filho do Céu, que vivia refestelado em Pequim, na misteriosa cidade imperial, invisível para o grosso do seu povo e cercado por dezenas de mulheres e centenas de concubinas. Bem.

Verificado esse estado miserável do seu exército, o vice-rei Li-Huang-Pô começou a meditar nos remédios que devia aplicar para levantar-lhe o moral e tirar de sua força armada maior rendimento militar. Mandou dobrar a ração de arroz e carne de cachorro, que os soldados venciam. Isto, entretanto, aumentou em muito a despesa feita com a força militar do vice-reinado e, no intuito de fazer face a esse aumento, ele se lembrou, ou alguém lhe lembrou, o simples alvitre de duplicar os impostos que pagavam os pescadores, os fabricantes de porcelana e os carregadores de adubo humano, tipo dos mais característicos daquela babilônica cidade de Cantão.

Ao fim de alguns meses, ele tratou de verificar os resultados do remédio que havia aplicado nos seus fiéis soldados, a fim de dar-lhes garbo, entusiasmo e vigor marcial.

Determinou que se realizassem manobras gerais, na próxima primavera, por ocasião de florirem as cerejeiras, e elas tivessem lugar na planície de Chu-Wei-Hu, o que quer dizer na nossa língua: "planície dos dias felizes". As suas ordens foram obedecidas e cerca de cinquenta mil chineses, soldados das três armas, acamparam em Chu-Wei-Hu, debaixo de barracas de seda. Na China, seda é como metim aqui.

Comandava em chefe esse portentoso exército, o general Fu-Shi-Tô que tinha começado a sua carreira militar como puxador de tílburi em Hong-Kong. Fizera-se tão destro nesse mister que o governador inglês o tomara para o seu serviço exclusivo.

Este fato deu-lhe um excepcional prestígio entre os seus patrícios, porque, embora os chineses detestem os estrangeiros em geral, sobretudo os ingleses, não deixam, entretanto, de ter um respeito temeroso por eles, de sentir o prestígio sobre-humano dos "diabos vermelhos", como os chinas chamam os europeus e os de raça europeia.

Deixando a famulagem do governador britânico de Hong-Kong, Fu-Shi-Tô não podia ter outro cargo, na sua própria pátria, senão o de general no exército do vice-rei de Cantão. E assim foi ele feito, mostrando-se desde logo um inovador, introduzindo melhoramentos na tropa e no material bélico, merecendo por isso ser condecorado com o dragão imperial de ouro maciço. Foi ele quem substituiu, na força armada cantonesa, os canhões de papelão, pelos do Krupp e, com isto, ganhou de comissão alguns bilhões de *taels*[1], que repartiu com o vice-rei. Os franceses do Canet queriam

---

1 Parte do sistema de medição e do sistema monetário chinês. (N.E.)

EFICIÊNCIA MILITAR

lhe dar um pouco menos, por isso ele julgou mais perfeitos os canhões do Krupp, em comparação com os do Canet. Entendia, a fundo, de artilharia, o ex-fâmulo do governador de Hong-Kong.

O exército de Li-Huang-Pô estava acampado havia um mês, nas "planícies dos dias felizes", quando ele se resolveu a ir assistir-lhe as manobras, antes de passar-lhe a revista final.

O vice-rei, acompanhado do seu séquito, do qual fazia parte o seu exímio cabeleireiro Pi-Nu, lá foi para a linda planície, esperando assistir às manobras de um verdadeiro exército germânico. Antegozava isso como uma vítima sua e, também, como constituindo o penhor de sua eternidade no lugar rendoso de quase rei da rica província de Cantão. Com um forte exército à mão, ninguém se atreveria a demiti-lo dele. Foi.

Assistiu às evoluções com curiosidade e atenção. A seu lado, Fu-Shi-Pô explicava os temas e os detalhes do respectivo desenvolvimento, com a abundância e o saber de quem havia estudado Arte da Guerra entre os varais de um *cabriolet*[2].

O vice-rei, porém, não parecia satisfeito. Notava hesitações, falta de *élan*[3] na tropa, rapidez e exatidão nas evoluções e pouca obediência ao comando em chefe e aos comandados particulares; enfim, pouca eficiência militar naquele exército que devia ser uma ameaça à China inteira, caso quisessem retirá-lo do cômodo e rendoso lugar de vice-rei de Cantão. Comunicou isto ao general que lhe respondeu:

– É verdade o que Vossa Excelência Reverendíssima, Poderosíssima, Graciosíssima, Altíssima e Celestial diz, mas os defeitos são fáceis de remediar.

– Como? – perguntou o vice-rei.

– É simples. O uniforme atual muito se parece com o alemão, mudemo-lo para uma imitação do francês e tudo estará sanado.

Li-Huang-Pô pôs-se a pensar, recordando a sua estadia em Berlim, as festas que os grandes dignitários da corte de Potsdam lhe fizeram, o

---

2 Parte do sistema de medição e do sistema monetário chinês. (N.E.)

3 Entusiasmo; disposição. (N.E.)

acolhimento do Kaiser e, sobretudo, os *taels* que recebeu de sociedade com o seu general Fu-Shi-Pô... Seria uma ingratidão; mas... Pensou ainda um pouco; e, por fim, num repente, disse peremptoriamente:

– Mudemos o uniforme; e já!

Careta, Rio de Janeiro, 9 de setembro 1922.

O PECADO

Quando naquele dia São Pedro despertou, despertou risonho e de bom humor. E, terminados os cuidados higiênicos da manhã, ele se foi à competente repartição celestial buscar ordens do Supremo e saber que almas chegariam na próxima leva.

Em uma mesa longa, larga e baixa, um grande livro aberto se estendia e, debruçado sobre ele, todo entregue ao serviço, um guarda-livros punha em dia a escrituração das almas, de acordo com as mortes que Anjos mensageiros e noticiosos traziam de toda a extensão da terra. Da pena do encarregado celeste escorriam grossas letras, e de quando em quando ele mudava a caneta para melhor talhar um outro caractere caligráfico.

Assim páginas ia ele enchendo, enfeitadas, iluminadas nos mais preciosos tipos de letras. Havia no emprego de cada um deles, uma certa razão de ser e entre si guardavam tão feliz disposição que encantava-o ver uma página escrita do livro. O nome era escrito em bastardo, letra forte e larga; a filiação em gótico, tinha um ar religioso, antigo, as faltas, em bastardo e as qualidades em ronde arabescado.

Ao entrar São Pedro, o escriturário do Eterno, voltou-se, saudou-o e, à reclamação da lista d'almas pelo Santo, ele respondeu com algum enfado (enfado do ofício) que viesse à tarde buscá-la.

Aí pela tardinha, ao findar a escrita, o funcionário celeste (um velho jesuíta encanecido no tráfico de açúcar da América do Sul) tirava uma lista explicativa e entregava a São Pedro a fim de se preparar convenientemente para receber os ex-vivos no dia seguinte.

Dessa vez ao contrário de todo o sempre, São Pedro, antes de sair, leu de antemão a lista; e essa sua leitura foi útil, pois que se a não fizesse talvez, dali em diante, para o resto das idades (quem sabe?) o Céu ficasse de todo estragado. Leu São Pedro a relação: havia muitas almas, muitas mesmo, delas todas, à vista das explicações apensas, uma lhe assanhou o espanto e a estranheza. Leu novamente. Vinha assim:

P. L. C., filho de... neto de... bisneto de... carregador, 48 anos. Casado. Casto. Honesto. Caridoso. Pobre de espírito. Ignaro. Bom como São Francisco de Assis. Virtuoso como São Bernardo e meigo como o próprio Cristo. É um justo.

Deveras, pensou o Santo Porteiro, é uma alma excepcional; como tão extraordinárias qualidades bem merecia assentar-se à direita do Eterno e lá ficar, *per saecula saeculorum*[1], gozando a glória perene de quem foi tantas vezes Santo...

– E por que não ia? – deu-lhe vontade de perguntar ao seráfico burocrata.

– Não sei – retrucou-lhe este. – Você sabe – acrescentou –, sou mandado...

– Veja bem nos assentamentos. Não vá ter você se enganado. Procure – retrucou por sua vez o velho pescador canonizado.

Acompanhado de dolorosos rangidos da mesa, o guarda-livros foi folheando o enorme Registro até encontrar a página própria, onde com certo esforço achou a linha adequada, apontou o assentamento e leu alto:

– P. L. C., filho de... neto de... bisneto de... – Carregador. 48 anos. Casado. Honesto. Caridoso. Leal. Pobre de espírito. Ignaro. Bom como São Francisco de Assis. Virtuoso como São Bernardo e meigo como o próprio Cristo. É um justo.

Levando o dedo pela pauta horizontal e, nas observações, deparou qualquer coisa que o fez dizer de súbito:

– Esquecia-me... Houve engano. É! Foi bom você falar. Essa alma é a de um negro. Vai para o purgatório.

Revista Sousa Cruz, Rio de Janeiro, agosto de 1924.

---

1 Para toda a eternidade. (N.E.)

UM QUE VENDEU A SUA ALMA

A anedota que vou contar tem alguma coisa de fantástica e pareceria que, como homem de meu tempo, eu não devia dar-lhe crédito algum. Entra nela o Diabo e toda a gente de certo desenvolvimento mental está quase sempre disposta a acreditar em Deus, mas raramente no Diabo.

Não sei se acredito em Deus, não sei se acredito no Diabo, porque não tenho as minhas crenças muito firmes.

Desde que perdi a fé no meu Lacroix; desde que me convenci da existência de muitas geometrias a se contradizerem nas suas definições e teoremas mais vulgares; desde então deixei que a certeza ficasse com os antropologistas, etnólogos, florianistas, sociólogos e outros tolos de igual jaez.

A horrível mania da certeza de que fala Renan, já a tive; hoje, porém, não. De modo que posso bem à vontade contar-lhes uma anedota em que entra o Diabo.

Se os senhores quiserem acreditem; eu, cá por mim, se não acredito, não nego também.

Narrou-me o amigo:

– Certo dia, uma manhã, estava eu muito aborrecido a pensar na minha vida. O meu aborrecimento era mortal. Um tédio imenso invadia-me. Sentia-me vazio. Diante do espetáculo do mundo, eu não reagia. Sentia-me como um toco de pau, como qualquer coisa inerte.

Os desgostos da minha vida, os meus excessos e as minhas decepções, me haviam levado a um estado de desespero, de aborrecimento, de tédio, para o qual, em vão, procurava remédio. A Morte não me servia. Se era verdade que a vida não me agradava, a morte não me atraía. Eu queria outra vida. Você se lembra do Bossuet, quando falou por ocasião de mademoiselle de la Vallière tomar o véu?

Respondi:

– Lembro-me.

– Pois sentia aquilo que ele disse e censurou: queria outra vida. E então só me daria muito dinheiro.

Queria andar, queria viajar, queria experimentar se as belezas que o tempo e o sofrimento dos homens acumularam sobre a terra, despertavam em mim a emoção necessária para a existência, o sabor de viver.

Mas dinheiro! Como arranjar? Pensei meios e modos: Furtos, assassinatos, estelionatos, sonhei-me Raskólnikov ou coisa parecida. Jeito, porém, não havia e a energia não me sobrava.

Pensei então no Diabo. Se ele quisesse comprar-me a alma? Havia tanta história popular que contava pactos com ele que eu, homem cético e ultramoderno apelei para o Diabo, e sinceramente!

Nisto bateram-me a porta. Abri.

– Quem era?

– O Diabo.

– Como o conheceste?

– Espera. Era um cavalheiro como qualquer, sem barbichas, sem chavelhos, sem nenhum atributo diabólico. Entrou como um velho conhecido e tive a impressão de que conhecia muito o visitante. Sem cerimônia sentou-se e foi perguntando: "Que diabo de *spleen* é esse?". Retorqui: "A palavra vai bem mas falta-me o milhão". Disse-lhe isso sem reflexão e ele sem se espantar, deu umas voltas pela minha sala e olhou um retrato. Indagou: "É tua noiva?". Acudi: "Não. É um retrato que encontrei na rua. Simpatizei e...". "Queres vê-la já?" perguntou-me o homem. "Quero", respondi. E logo, entre nós dois sentou-se a mulher do retrato. Estivemos conversando e adquiri certeza de que estava falando com o Diabo. A mulher foi-se e logo o Diabo inquiriu: "Que querias de mim?". "Vender-te minha alma", disse-lhe eu.

Um que vendeu a sua alma

E o diálogo continuou assim:

Diabo: – Quanto queres por ela?

Eu: – Quinhentos contos.

Diabo: – Não queres pouco.

Eu: – Achas caro?

Diabo: – Certamente.

Eu: – Aceito mesmo a coisa por trezentos.

Diabo: – Ora! ora!

Eu: – Então, quanto dás?

Diabo: – Filho, não te faço preço. Hoje, recebo tanta alma de graça que não me vale a pena comprá-las.

Eu: – Então não dás nada?

Diabo: – Homem! Para falar-te com franqueza, simpatizo muito contigo, por isso vou dar-te alguma coisa.

Eu: – Quanto?

Diabo: – Queres vinte mil-réis?

E logo perguntei ao meu amigo:

– Aceitaste?

O meu amigo esteve um instante suspenso, afinal respondeu:

– Eu... Eu aceitei.

A *Primavera*, Rio de Janeiro, julho de 1913.

CARTA DE UM DEFUNTO RICO

"Meus caros amigos e parentes. Cá estou no carneiro nº7..., da 3ª quadra, à direita, como vocês devem saber, porque me puseram nele. Este Cemitério de São João Batista da Lagoa não é dos piores. Para os vivos, é grave e solene, com o seu severo fundo de escuro e padrasto granítico. A escassa verdura verde-negra das montanhas de roda não diminuiu em nada a imponência da antiguidade da rocha dominante nelas. Há certa grandeza melancólica nisto tudo; mora neste pequeno vale uma tristeza teimosa que nem o sol glorioso espanca... Tenho, apesar do que se possa supor em contrário, uma grande satisfação; não estou mais preso ao meu corpo. Ele está no aludido buraco, unicamente a fim de que vocês tenham um marco, um sinal palpável para as suas recordações, mas anda em toda a parte.

Consegui afinal, como desejava o poeta, elevar-me bem longe dos miasmas mórbidos, purificar-me no ar superior e bebo, como um puro e divino licor, o fogo claro que enche os límpidos espaços.

Não tenho as dificultosas tarefas que, por aí, pela superfície da terra, atazanam a inteligência de tanta gente.

Não me preocupa, por exemplo, saber se devo ir receber o poderoso imperador do Beluchistã com ou sem colarinho; não consulto autoridades constitucionais para autorizar minha mulher a oferecer ou não lugares do seu automóvel a príncipes herdeiros, coisa, aliás, que é sempre agradável às senhoras de uma democracia; não sou obrigado, para obter um título nobiliárquico, de uma problemática monarquia, a andar pelos adelos, catando suspeitas bugigangas e pedir a literatos das antessalas palacianas, que as proclamem raridades de beleza, a fim de encherem salões de casas de bailes e emocionarem os ingênuos com recordações de um passado que não devia ser avivado.

Afirmando isto, tenho que dizer as razões. Em primeiro lugar, tais bugigangas não têm, por si, em geral, beleza alguma; e, se a tiveram era emprestada pelas almas dos que se serviram delas. Semelhante beleza só pode ser sentida pelos descendentes dos seus primitivos donos.

Ademais, elas perdem todo o interesse, todo o seu valor, tudo o que nelas possa haver de emocional, desde que percam a sua utilidade e desde que sejam retiradas dos seus lugares próprios. Há senhoras belas, no seu interior, com os seus móveis e as costuras, mas que não o são na rua, nas salas de baile e de teatro. O homem e as suas criações precisam, para refulgir, do seu ambiente próprio, penetrado, saturado das dores, dos anseios, das alegrias de sua alma; é com as emanações de sua vitalidade, é com as vibrações misteriosas de sua existência que as coisas se enchem de beleza.

É o sumo de sua vida que empresta beleza às coisas mortais; é a alma do personagem que faz a grandeza do drama, não são os versos, as metáforas, a linguagem em si, etc., etc. Estando ela ausente, por incapacidade do autor, o drama não vale nada.

Por isso, sinto-me bem contente de não ser obrigado a caçar, nos belchiores e cafundós domésticos, bugigangas para agradar futuros e problemáticos imperantes, porque teria que dar a elas alma, tentativa em projeto que, além de inatingível, é supremo sacrílego.

De resto, para ser completa essa reconstrução do passado ou essa visão dele, não se podia prescindir de certos utensílios de uso secreto e discreto, nem tampouco esquecer determinados instrumentos de tortura e suplício, empregados pelas autoridades e grão-senhores no castigo dos seus escravos.

Há, no passado, muitas coisas que devem ser desprezadas e inteiramente eliminadas, com o correr do tempo, para a felicidade da espécie, a exemplo do que a digestão faz, para a do indivíduo, com certas substâncias dos alimentos que ingerimos...

Mas... estou na cova e não devo relembrar aos viventes coisas dolorosas.

Os mortos não perseguem ninguém; e só podem gozar da beatitude da superexistência aqueles que se purificam pelo arrependimento e destroem na sua alma todo o ódio, todo o despeito, todo o rancor.

Os que não conseguem isso, ai deles!

Alonguei-me nessas considerações intempestivas, quando a minha tenção era outra.

O meu propósito era dizer a vocês que o enterro esteve lindo. Eu posso dizer isso sem vaidade, porque o prazer dele, da sua magnificência, do seu luxo, não é propriamente meu, mas de vocês; e não há mal algum que um vivente tenha um naco de vaidade, mesmo quando é presidente de alguma coisa ou imortal da Academia de Letras.

Enterro e demais cerimônias fúnebres não interessam ao defunto; elas são feitas por vivos para vivos.

É uma tolice de certos senhores disporem nos seus testamentos como devem ser enterrados. Cada um enterra seu pai como pode, é uma sentença popular, cujo ensinamento deve ser tomado no sentido mais amplo possível, dando aos sobreviventes a responsabilidade total do enterro dos seus parentes e amigos, tanto na forma como no fundo.

O meu, feito por vocês, foi de truz. O carro estava soberbamente agaloado; os cavalos bem paramentados e empenachados; as riquíssimas coroas, além de ricas, eram lindas. Do Haddock Lobo, daquele casarão que ganhei com auxílio das ordens terceiras, das leis, do câmbio e outras fatalidades econômicas e sociais que fazem pobres a maior parte dos sujeitos e a mim me fizeram rico; da porta dele até o portão de São João Batista, o meu enterro foi um deslumbramento. Não havia, na rua, quem não parasse para contemplá-lo, descobrindo-se ritualmente; não havia quem não perguntasse quem ia ali.

Triste destino o meu, esse de, nos instantes do meu enterramento, toda uma população de uma vasta cidade querer saber o meu nome e dali a minutos, com a última pá de terra deitada na minha sepultura, vir a ser esquecido, até pelos meus próprios parentes.

CARTA DE UM DEFUNTO RICO

Faço esta reflexão somente por fazer, porque, desde muito, havia encontrado, no fundo das coisas humanas, um vazio absoluto.

Essa convicção me veio com as meditações seguidas que me foram provocadas pelo fato de meu filho Carlos, com quem gastei uma fortuna em mestres, a quem formei, a quem coloquei altamente, não saber nada desta vida, até menos do que eu.

Adivinhei isto e fiquei a matutar como é que ele gozava de tanta consideração fácil e eu apenas merecia uma contrariedade? Eu, que...

Carlos, meu filho, se leres isto, dá o teu ordenado àquele pobre rapaz que te fez as sabatinas por "tuta-e-meia"; e contenta-te com o que herdaste do teu pai e com o que tem tua mulher! Se não fizeres... ai de ti!

Nem o Carlos nem vocês outros, espero, encontrarão nesta última observação matéria para ter queixa de mim. Eu não tenho mais amizade, nem inimizade.

Os vivos me merecem unicamente piedade; e o que me deu esta situação deliciosa em que estou, foi ter sido, às vezes profundamente bom. Atualmente, sou sempre...

Não seria, portanto, agora que, perto da terra, estou, entretanto, longe dela, que faria recriminações a meu filho ou tentaria desmoralizá-lo. Minha missão, quando me consentem, é fazer bem e aconselhar o arrependimento.

Agradeço a vocês o cuidado que tiveram como o meu enterro, mas, seja-me permitido, caros parentes e amigos, dizer a vocês uma coisa. Tudo estava lindo e rico, mas um cuidado vocês não tiveram. Por que vocês não forneceram librés novas aos cocheiros das caleças, sobretudo, ao do coche, que estava vestido de tal maneira andrajosa que causava dó?

Se vocês tiverem que fazer outro enterro, não se esqueçam de vestir bem os pobres cocheiros, com o que o defunto, caso seja como eu, ficará muito satisfeito. O brilho do cortejo será maior e vocês terão prestado uma obra de caridade.

Era o que eu tinha a dizer a vocês. Não me despeço, pelo simples motivo de que estou sempre junto de vocês. É tudo isto do José Boaventura da Silva.

N.B.[1] – Residência, segundo a Santa Casa: Cemitério de São João Batista da Lagoa e, segundo a sabedoria universal, em toda a parte. J. B. S."
Posso garantir que trasladei esta carta para aqui, sem omissão de uma vírgula.

A.B.C., Rio de Janeiro, 22 de janeiro de 1921.

---

1   N.B. é a sigla para "Note Bem".